소비자의 마음을 분석하는 일을 합니다

소비자의 마음을
분석하는 일을 합니다

김경진 지음

프레너미
FRENEMY PUBLISHING

브랜드는 고객의 마음속에서 만들어진다고 한다. 기업은 지속적인 혁신적 제품과 서비스를 통해 브랜드를 만들어 나간다. 오늘날 기업은 '혁신'의 깊은 늪에 빠져 있다고 해도 과언이 아닐 듯하다. 혁신의 주기가 점점 더 짧아지는 상황에서 지속적으로 혁신을 해야 하는 기업의 현실은 마치 현대판 '시지프의 형벌'을 받는 것과 같다고 할 수 있다. 혁신은 수많은 고객이 지갑을 열어야만 가능하다. 고객의 지갑을 열게 하기 위해서는 고객의 마음을 사야 하며, 고객의 마음을 사기 위해서는 고객의 마음을 제대로 이해해야 한다. 고객의 마음을 제대로 이해하지 못하면 고객의 마음을 제대로 분석할 수 없다. GIGO(Garbage In, Garbage Out)이기 때문이다. 고객의 마음을 제대로 분석한 결과와 멋진 디자인이 만날 때, 고객의 마음을 빼앗을 수 있는 제품과 서비스가 시장에 나오게 된다.

'이해(understand)'라는 단어는 참으로 이해하기 어렵다. 나도 30년 이상 함께 살아 온 우리 집사람의 마음을 제대로 이해하지 못하고 있기 때문이다. 내가 우리 집사람보다 낮은 위치에 있을 때 비로소 제대로 이해할 수 있다는 것이리라. 소비자의 말, 표정, 제스처, 더 나아가 행동 관찰의 모든 결과를 낮은 자세로 객관적으로 열린 생각으로 잘 들여다보고 또 보고 해야 비로소 고객의 마음을 이해할 수 있다.

저자는 오랜 기간 동안 소비자의 마음을 '이해(understand)' 하고 분석하는 일을 한 국내 최고의 소비자 리서치 전문가이다. 이 책은 저자가 그동안 수행했던 많은 현장 리서치의 험한 여정에서 경험했던 것들의 '진수'를 읽기 쉽고, 재미있게 그러면서 유익한 내용으로 정리한 것으로 노고에 찬사를 보냅니다. 나의 가족, 친구, 동료, 고객들의 마음을 제대로 이해하기 원하는 모든 분들에게 이 책을 강력하게 추천합니다.

— IDAS(홍익대학교 국제디자인전문대학원) 교수 나건

1. 소비자에게 가는 길

2. 소비자의 속마음

3. 내가 만난 소비자들

4. 소비자를 만나고 나서

'저런 일을 하고 싶어!'

대학을 졸업하고 나는 딱히 하고 싶은 일이 없었다. 생각해보면 그때의 나는 일에 대한 열정도 미래를 위해 뭔가 도전해보겠다는 의욕도 크지 않았다. 졸업 후 작은 회사에 입사해서 영업을 하다가 그것이 적성에 맞지 않아 회사를 나온 후 프리랜서로 번역을 했다. 하지만 큰 성취감을 얻지 못했다. 나는 그렇게 널어놓은 빨래처럼 축 처진 20대 중반을 보내고 있었다. 그러던 어느 날 문득, 청춘이라면 자신이 하고 싶은 일을 찾아 가슴에 불 한번 지펴봐야 하지 않나 하는 생각이 들었다. 무언가를 스스로 창조하는 일을 해보고 싶다는 생각이 마음속에서 꿈틀거렸다. 그렇게 조금은 막연한 목표를 가지고 대학원의 문을 두드렸다.

　　그해 가을, 내가 가고 싶은 대학원의 입학설명회에 참석했다가 우연히 한 영상을 보게 되었다. 그 영상을 보면서 마음이 설레었다. 미국 ABC 뉴스의 나이트라인 방송 영상이었는데 당시 IDEO라는 이노베이션 컨설팅 회사가 컨설팅 하는 신제품마다 각광을 받자 ABC 뉴스 나이트라인에서 IDEO를 섭외해 신제품을 직접 개발해보도록 한 것이다. 지금은 너무도 유명한 IDEO의 'Deep Dive'다. 그들은 자신들의 이노베이션 방법론을 활용해 단 4일 만에 새로운 쇼핑 카트를 만들었는데, 마트를 이용하는 사람들의 쇼핑 양상을 그대로 닮은 그들의 아웃풋에는 사람을 위한 사람 중심의 철학이 담겨 있었다. 사람을 위한 일을 하는 그들을 보며 가슴이 뛰었다. 일하는 방식도 놀라웠다. 그 프로젝트 팀원들은 디자인, 인간공학, 심리학 등 각자의 분야에서 최고 전문가로서의 역량을 보여주면서도 일을 놀이처럼 즐기고 있었다.

　　'저런 일을 하고 싶어!'

가슴이 뜨거워졌다. 언젠가 나도 저런 일을 하고 싶다는 생각을 하니 주먹이 불끈 쥐어졌다.

뒤늦게 입학한 대학원의 생활을 나는 참으로 즐겼다. 배움이 즐거웠고 누구에게서든 배웠다. 교수님들뿐 아니라, 선배들, 동기들로부터도 배웠다. 모든 수업에 최선을 다했다. 배우는 즐거움에 잠자는 시간이 아까울 지경이었다. 학교에 가장 일찍 가고 싶어 첫차를 타다가 결국 학교 앞으로 이사를 했다. 한동안 청소하시는 아저씨가 새벽에 나를 보고 쯧쯧을 연발하셨다. 며칠째 집에 안 간 줄 아신 거다. 아니었다. 학교에 가장 먼저 출근하시는 아저씨보다도 먼저 학교에 도착했던 것이다. 배움에 몰입하다가 정신이 들어 보면 계절이 바뀌어 있기가 일쑤였다. 나는 그렇게 교수님들과 교직원들이 뽑은 가장 인상 깊은 학생이라는 명예와 함께 우수논문상을 받고 졸업했다.

그 후 17년이 흘렀고 나는 꿈을 이뤘다. 나는 소비자 전문가다. 소비자 전문가는 소비자가 원하는 것이 무엇인지를 전문적으로 파악하는 사람이다. 그리하여 제품이나 서비스를 어떻게 만들어주면 좋을지 그 콘셉트를 만들어주는 일을 한다. 그 아이디어를 낼 때 책상에서 혼자 고민하는 것이 아니라 소비자를 직접 만나서 소비자에게 듣는 것이다. 하지만 무엇을 만들어야 할지, 어떻게 만들어주면 좋을지 그 답을 소비자들에게 묻지 않는다. 소비자는 답을 가지고 있지만 답을 모른다. 그것이 스티브 잡스가 소비자에게 답을 묻지 말라고 한 이유다. 어떤 것을 만들어주어야 하는지는, 소비자 전문가가 소비자의 경험을 듣고 행동을 관찰해 그 속에 숨어있는 단서를 찾아 그것을 토대로 발굴하는 것이다.

　나는 소비자 전문가로서 다양한 제품과 서비스를 이용하는 수많은 사람을 만났다. 휴대폰, 세탁기, 냉장고, TV, 로봇청소기와 같은 제품에서부터 SNS, 인터넷 쇼핑몰, 음악 플랫폼, 헬스케어, 교육 등 다양한 영역에 이르기까지 소비자가 말하지 않은 니즈, 소비자가 말하지 못한 불편함, 소비자도 모르는 자신들이 진짜 원하는 것을 찾아냈고 그 인사이트를 담은 새로운 제품과 서비스의 콘셉트를 제안해왔다.

70여 건의 프로젝트를 수행하면서 1000명이 넘는 소비자를 만났다. 3000시간 동안 그들을 만났고, 그들이 진정으로 원하는 것이 무엇인지 분석하는 데 1만 시간을 넘도록 보냈다. 수많은 콘셉트를 제안했고 그중 이런저런 이유로 사업화되지 않은 것들이 허다하지만 간혹 서비스나 제품으로 구현되어 사람들의 생활을 편리하게 만들어주는 것을 보면 마음이 뿌듯했다.

돌이켜보면 그 숱한 열정의 시간들이 참으로 감사하다. 사람들을 위한 일을 하고 싶다는 마음이 싹 트고 꿈을 이루기까지 셀 수 없는 날을 가슴이 뛰었다. 소비자를 만나 그들의 이야기를 들으면서 때로 웃고 때로 같이 울면서 많은 것을 배우고 얻었다. 그들의 속마음을 알아내고 정말로 그들에게 필요한 것이 무엇인지 찾는 동안 밥 먹듯이 밤을 새워가며 건강을 잃어보기도 했다. 그래도 야속하지 않고 즐거웠다.

이 책은, 그 이야기를 담았다. 소비자를 만나면서 가슴 뛰었던 이야기를. 어떤 일을 하든, 누구에게든, 고객이 있다.

자신의 고객을 모르면 성공할 수 없다. 나에게는 소비자가
그 고객이다. 이 책을 읽는 독자들에게도 자신들만의 고객이
있을 것이다. 이 책을 읽으면서 자신의 고객을 위해 무엇을
해야 하는지 혼자 고민하지 말고 고객을 통해 찾는 법을 알
아가길 바란다.

1.

소비자에게 가는 길

왜 인도의 며느리들은
마을 한가운데 있는 우물을
이용하지 않았을까?

아침에 서두른 덕인지 교육장에 일찍 도착했다. 아직 아무도 오지 않았다. 오롯이 나만의 시간이다. 교육장 앞쪽으로 가서 강의 테이블 사운드잭에 내 휴대폰을 연결하고 음악을 재생하니 카페가 따로 없다. 출근길에 테이크아웃한 커피를 들고 교육장 한가운데 있는 초록색 그네에 앉아본다.

사무실에 그네라니. 처음엔 이 그네가 어쩌나 적응이 안 되던지 차마 앉아볼 생각을 하지 못했다. 그렇지 않아도 이 이례적인 인테리어가 사내에 화제가 되어 사내방송을 탄

적이 있다. 혁신 조직이 출범했다는 것이 주된 내용이었고 그 조직이 일하는 공간도 이렇게 혁신적이라는 내용이었지 만 구성원들의 머릿속에 박힌 것은 그 혁신적인 조직에 대한 기대감이 아니고 그네였다.

"뭐라고? 그네가 있다고? 그게 사무실이야 놀이터야?" 온갖 부러움과 시샘, 그리고 얼마나 잘하는지 보자는 매서운 눈총을 받기도 했다. 그 방송이 나간 후에 우리 조직은 가시방석이었다. 내가 일하는 공간이라고 해도 평소 사람들이 많을 때 그네에 앉아보기는 쉽지 않은데 이렇게 이른 시간에 한적하게 그네에 앉아 있으니 호사가 따로 없다.

교육장은 어제의 열정이 고스란히 남아 있다. 분과별 테이블에는 다양한 펜과 색연필들, 형형색색의 포스트잇들, 벽 쪽에 서 있는 키가 큰 폼보드들, 그 폼보드에 붙어 있는 소비자 인터뷰 내용을 정성스럽게 적은 포스트잇들, 폼보드에 붙이다 만 인터뷰 사진들, 과자들⋯⋯.

어제부터 소비자 니즈를 기반으로 신규사업 콘셉트를 개발하는 방법론을 사내 구성원들에게 강의하고 있다. 내가 속한 조직이 이 방법론의 전문가 조직이어서 우리 팀원이 강사가 되어 교육을 진행하고, 교육생은 타 조직 구성원이다. 이 방법론을 활용해서 신규사업의 콘셉트를 개발하는 프로젝트도 많았기 때문에, 이 방법론이 아무리 훌륭하다고 해도 전 직원을 대상으로 교육할 생각은 누구도 하지 못했다. 이 교육은, 전사 구성원이 이 방법론을 알고 활용할 수 있도록 전사 구성원 대상 교육을 하라고 회사에서 가장 힘이 센 사장님이 지시를 하셔서 시작하게 되었다.

수많은 직원을 교육해야 했으므로 2주에 한 번씩 월 2회 교육했고, 수년 동안 꽤 많은 구성원이 이 교육을 받았다. 원래 교육을 하는 부서도 아니고, 신규사업개발 프로젝트를 주 업무로 하면서 교육을 추가적으로 하는 것이라 부담도 되었지만 보람이 있었다. 사내 구성원들은 시간이 흐를수록 이 방법론을 친구 이름 부르듯 자연스럽게 부르기 시작했고, 교육 한번 받았다고 너끈히 활용할 수 있는 것은 아니었지만 그래도 유용한 내용이라는 구성원들의 반응이 교육한 사람으로서 보람이 컸다.

9시가 가까워오자 교육생들이 밀려들어온다. 나는 음악을 끄고 마이크를 든다. 웅성거리던 교육장이 고요해졌다.

교육 이틀째인 오늘은, 어제까지 맛보기로 해본 소비자 인터뷰의 내용을 디브리핑(Debriefing)하면서 소비자에게 어떤 니즈가 있는지 분석하는 날이다. 오늘의 가장 중요한 부분은, 소비자가 말한 것이나 소비자가 했던 행동에서 그들의 니즈를 찾아내는 방법을 이해하는 것이다. 그러기 위해서는 소비자의 니즈가 무엇인지 잘 이해시켜야 했다. 그것을 이해시키기 위해, 준비해둔 사례로 강의를 시작한다. 인도 며느리 이야기다.

　　오래전 인도 마하라슈트라 주(주도는 뭄바이)의 한 마을에 구호단체가 가서 주민들에게 필요한 시설이나 기구를 만들어주고 지원했다. 이때 인도의 며느리들이 아침이면 빨래를 이고 지고 멀리 노천 빨래터까지 가는 행렬을 보고 마을 한가운데 우물을 만들어주었다는 것으로 시작하는 이야기다. 여기서 '하지만 인도의 며느리들은 그 우물을 이용하지 않았다'고 할 것을 예상할 수 있다. 그렇다. 인도의 며느리들은 마을 한가운데 있어 집에서 가까운데도 불구하고, 무겁게 빨래를 들고 오래도록 가지 않아도 되는데도 불구하고 이 우물을 이용하지 않았다.

"왜 인도의 며느리들은 마을 한가운데 있는 우물을 이용하지 않았을까요?"

여기저기서 손을 들고 저마다의 추측을 말한다.

"우물을 어떻게 쓰는지 몰라서 아닌가요?"

"아니에요."

"물이 깨끗하지 않아서요."

"아니에요."

"물이 잘 안 나와서요."

"아니에요."

다른 사람들의 답을 듣다 보니 생각이 마구 떠오르는지 더 많은 사람들이 손을 든다. 그러다 한 사람이 말한다.

"다른 사람들이랑 같이 빨래하는 게 좋아서요?"

드디어 비슷한 답이 나왔다. 정답은 이렇다. 빨래를 하러 멀리 걸어가서 열심히 빨래를 하고 다시 한참을 돌아와야 하는 그 시간이 그녀들에게는 스트레스를 푸는 시간이었던 것이다. 인도는 주로 대가족을 이루며 살아 시댁 식구도 많고 챙길 사람도 많아 하루 종일 집안일을 해도 시간이 부족하고 스트레스도 이만저만이 아니었다. 멀리서 지참금을 들고 시집을 왔다면 친정도 가깝지 않아 힘든 이야기를 털어놓을 사람도 없었던 것이다. 그런 인도의 며느리들에게 빨래터에 다녀오는 이 시간은 처지가 비슷한 다른 집 며느리들과 함께 수다를 떨며 서로 위로를 주고받을 수 있도록 공식적으로 허락된 스트레스 해소의 시간이자 치유의 시간이었다. 그러므로 빨래를 하러 다녀오는 일은 그 무엇에도 양보할 수 없는 일과였다.

그런데 인도 며느리들의 속도 모르고 구호단체가 마을 한가운데 최신식 우물을 떡 하니 파 준 것이다. 마을의 우물을 이용한다는 것은 '빨래만 하고 집에 빨리 오는 것'을 의미한다. 그 엄청나게 짧아진 시간은 노동만 하는 시간인 것이다. 그러니 아무리 가깝고 편리해도 그 우물을 이용할 리가 없다. 우물 옆에 펀칭백이라도 있으면 모를까.

"빨래터가 멀어서 무겁고 힘들다는 것은 니즈가 될 수 없나요?"

빨래를 들고 가는 것이 무겁게 느껴지지 않았으면 좋겠다거나 빨래터까지 가는 길이 멀지 않았으면 좋겠다거나 하는 것은 인도 며느리들의 명백한 니즈다. 사례에서 나온 우물이 바로 그런 니즈를 해결한 솔루션이다. 하지만 그 니즈들은 스트레스 해소라는 인도 며느리들의 숨겨진 니즈와 함께 해결되어야 의미가 있다. 소비자의 숨겨진 니즈가 중요한 것은, 소비자가 불편하게 느끼는 것은 많은데 그중 제품이나 서비스를 쓰게 하거나 안 쓰게 하는 데 결정적 영향을 주는 것이 무엇인지 알 수 있기 때문이다. 인도 며느리들이 마을 한복판의 우물을 이용하지 않은 것은 빨래를 할 때의 숨겨진 니즈가 해결되지 않았기 때문이다.

소비자의 다양한 니즈 중에 제품이나 서비스를 만들려는 사람이 집중해야 하는 니즈가 있고 그렇지 않은 니즈가 있다. 인도 며느리 사례에서는 '빨래가 무겁다', '노천 빨래터까지 너무 멀어서 힘들다'와 같은 불편함으로 표현된 니즈 말고 노천 빨래터에 가고 오는 동안 끊임없이 수다를 떠는 그 모습에서 관찰된 스트레스가 해소되어 나오는 미소, 그 잠재된 니즈가 바로 구호단체가 집중했어야 하는 핵심 니즈였던 것이다.

한 쌍의 남녀가 길을 걷다가 여자가 남자에게 "커피 마시고 갈까요?" 하고 말한다면 그 말이 커피가 마시고 싶다는 뜻일까? 다리가 아프니 잠시 앉고 싶다는 의미일 수도 있고, 이대로 집에 가기 아쉬우니 커피 마시며 이야기를 더 나누고 싶다는 의미일 수도 있다. 앞뒤의 상황이 없이 이 말의 진짜 의미를 해석하기는 쉽지 않지만, 그 속마음이 진짜 니즈다.

소비자 인터뷰나 관찰조사와 같이 앞뒤 상황을 좀 더 파악할 수 있는 상황에서는 소비자의 한마디가 어떤 의미인지 알아챌 수 있다. 소비자가 말하는 것의 의미를 찾아내는 것이 니즈 분석이다. 니즈 분석을 잘하는 방법은 소비자 인터뷰에 달려 있다. 소비자가 자신이 원하는 것을 '불편해요, 이런 게 있었으면 좋겠어요'와 같이 표출할 때 그것을 그대로 니즈라고 해석하기보다는, 불편한데도 불구하고 하는 이유, 그런 것이 있으면 좋겠다고 느끼는 이유를 물어보면 진짜 니즈의 단서가 나온다. 그 속에 숨어 있는 속마음이 제품과 서비스를 만들 때 집중해야 하는 진짜 니즈, 즉 잠재 니즈다.

"자, 그럼 지금부터 어제의 인터뷰 내용을 보고 소비자들의 진짜 니즈를 분석해봅시다!"

교육생들이 분과별로 인터뷰 내용이 적힌 포스트잇이 가득 붙어 있는 폼보드 앞으로 모인다.

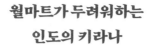

월마트가 두려워하는
인도의 키라나

　　나와 일행이 탄 차는 계속 제자리다. 끝을 모르는 정체가 이 많은 차를 세운 지 한참인데 뚫릴 기미가 보이지 않는다. 아까부터 우리 차와 나란히 가고 있는 까만 오토릭샤 운전사와 한 번 더 눈이 마주치면 인사라도 해야 할 판이다. 차보다 날렵할 것 같은 오토릭샤도 이 정체를 뚫지는 못하는가 보다. 시계를 보니 마음이 더 조급해진다. 인도 사람들이 어디에서 쇼핑하는지 조사하기 위해 키라나(Kirana, 인도의 전통적인 동네 가게)를 섭외해서 그 가게에 오는 손님들의 쇼핑 양상을 관찰하기로 했는데, 이대로라면 약속 시간을 못 맞출 것 같아 애가 탄다.

동료가 나를 보고 말한다. "마음 졸인다고 빨리 갈 수 있는 것도 아니고 늦게 도착한다고 그 가게가 없어지는 것도 아니니 맘 편히 있어요." 그래 어쩌겠어, 하며 낮은 한숨을 뒤로하고 창밖으로 눈을 돌려본다.

뭄바이의 길이 참 이색적이고 역동적이다. 길 위에는 사진으로만 봤던 오토릭샤들이 가득하다. 도로에 차선이 있는 것으로 착각하는 것은 이들이 줄지어 다녀서다. 오토릭샤와 차만 많은 것이 아니다. 소도 다닌다. 흰 소, 누렁소, 까만 소. 어딜 가는지 모르겠는 낙타도 보인다. 염소는 더 많다. 간혹 코끼리도 다닌다고 들었는데 나는 아직 못 봤다. 이 동물들이 길이 막힐까 우려해 속도를 내줄 리도 없고 길 위에서 고집이라도 부리면 이렇게 교통이 정체되기 일쑤다.

뭄바이의 길이 더 역동적으로 보이는 데는 사람도 한몫한다. 누가 다 낳았을까 싶은 수많은 인파가 저마다의 하루를 사느라 길을 가득 메우고 있다. 가만 보니 이들은 어딘가를 향해서 가는 것이 아니라, 길 위에서 살고 있다. 주변의 벽돌을 모아 바닥을 다진 후 매트를 깔았고 이불과 옷, 그릇도 있다. 길에서 산 지 오래되어 보이는 수염 난 할아버지 옆에는 원숭이 친구가 놀고 있다. 모든 것이 공생하는 길 위의 낯선 풍경에서 묘하게 정감이 느껴져 웃음이 난다.

그때, 옆의 오토릭샤 운전사와 또 눈이 마주쳤다. 운전사가 입이 귀에 걸릴 듯 크게 미소 지으며 내게 목례를 한다. 에구구, 내가 자기를 보고 웃는 줄 알았는가 보다.

차가 멈췄다. 현지 컨설턴트가 다 왔다고 말한다. 길 위의 풍경을 보다 보니 시간이 금방 갔다. 나와 동료는 가방과 조사장비를 챙겨 차에서 내렸다. 우리는 현지 컨설턴트를 따라 좁은 골목 안으로 들어갔다. 큰길에서 멀어지자 이내 다세대주택 같은 공동주택 단지가 나왔다. 그 바로 앞에 작은 구멍가게가 보였다. 이 키라나가 우리가 조사하기로 한 곳이란다. 언뜻 보니 가게의 구조가 독특하다. 한국의 약국에서 약사가 테이블 안쪽에 있고 그 뒤쪽으로 파티션이 있어서 파티션 안쪽에서 약을 제조하는 것과 유사하게, 손님이 가게 안으로 들어갈 수 있는 가게 문이라는 것이 따로 없고 사려는 것을 가게 밖에 서서 주인에게 말하면 주인이 토르소 정도만 보이고 있다가 손님이 원하는 제품을 가지러 가게 안으로 들어가는 구조다. 이런 구멍가게를 아마존과 월마트가 왜 두려워한다는 것인지 갸우뚱하다.

가게에는 손님들이 몇 명 있었고, 우린 멀찌감치 떨어져 손님이 갈 때까지 기다렸다. 손님들이 다 간 후에 현지 컨설턴트가 우리를 데리고 가게로 가서 현지어로 한참을 말했다. 전혀 알아들을 수는 없었지만 왠지 내가 알아듣고 있는 느낌이 들었다. 늦어서 미안하다는 인사와 함께 조사 목적을 설명하는 것 같았고 우리를 가리키면서 한국에서 온 클라이언트라고 말하는 것 같았다. 소비자조사 경험이 십수 년이다 보니 눈치가 백단이다. 현지 컨설턴트가 우리를 가리키며 말할 때는 다 알아듣고 있다는 듯이 미소를 지으면서 인사를 했다. 현지 컨설턴트는 키라나 주인과 이야기가 잘 되었는지 가게 안으로 들어가서 가게를 관찰해도 좋다고 했다. 우아, 이렇게 감사할 데가! 밖에서만 본다면 가게 안에 무엇을 갖다 놨는지, 잘 팔리는 것이 무엇인지 등을 알기 어려웠을 것이다.

가게 주인이 자신이 가게로 출퇴근할 때 이용하는 키 낮은 문을 열어주어 나는 허리를 아주 깊이 숙여 가게 안으로 들어갔다. 가게는 어두웠고 제품들은 진열되어 있다기보다는 보관되어 있다는 느낌이 강했다. 어차피 가게 주인만 찾을 수 있으면 되니 그런 것 같다. 쌀, 보리, 귀리, 밀과 같이 곡식이 많다. 샴푸, 로션 같은 것도 있었는데 대부분 증정품처럼 작은 크기다. 신기할 만큼 다 작다. 과자도 한국은 노래방 스낵이 있다면 여긴 백설공주 친구 일곱 난쟁이가 쓸 것 같은 작은 것들이 많았다. 집 크기가 작아서 집에 보관하지 않거나, 가게 크기가 작아서 공간을 많이 차지하지 않는 제품들을 갖다 놓거나 하는 것처럼 보인다.

　　노란색 사리를 입은 여인이 왔다. 빵을 사러 왔는가 보다. 주인이 플라스틱 박스에서 빵 한 개를 손으로 꺼내어 흰 종이에 싸서 여인에게 준다. 빵 한 개를 사는 모습, 그것을 종이에 싸서 주는 모습이 다 인상적이다. 여인은 지폐를 냈고 주인은 지폐를 센 후에 사탕 통에서 낱개 포장된 사탕을 몇 개 꺼내어 여인에게 준다. 손님에게 사탕을 주는 것은 무슨 의미일까? 조금 후 어린 학생이 왔다. 학생이 뭘 달라고 말하는 것 같고 주인이 가게 천장에 달려 있던 과자 같은 것을 하나 떼어 학생에게 건네준다. 아이가 돈을 내자 이 아이에게도 사탕을 준다. 나중에 안 것이지만 이 사탕은 잔돈 대신 내어주는 것이었다. 받는 사람도 왜 내 돈 안 주느냐고 묻지도 않는다. 물건만 받아가고 돈을 안 내는 사람도 있다. 많다. 그 경우는 사람이 가고 나면 외상장부에 날짜와 금액을 적는다. 이름도 안 묻느냐고 하니 어느 집 아이인지 다 안단다. 외상장부가 매우 많다. '아직도 돈을 다 안 내서' 작년 장부도 가지고 있어야 한단다.

한 손님이 바쁘게 와서는 주인에게 물어보지도 않고 집 열쇠를 맡기고 간다. 엄마나 아빠가 없는데 아이가 아프면 약을 대신 먹여주거나 병원도 데려가 준단다. 키라나는 동네의 집사와 같은 역할을 하고 있었던 것이다. 동전 대신 사탕을 주는 것이 자연스럽고, 물건만 가져가고 한 달 후에 한꺼번에 지불해도 되고, 그마저도 일부만 지불하고 남겨놓고, 집 열쇠가 가족 수보다 적어 마지막 외출하는 사람이 집 열쇠를 맡기는 키라나는 인도인들에게 쇼핑을 하는 마트가 아니라 가족이었다. 아마존과 월마트가 인도에서 가장 큰 경쟁자를 키라나라고 할 만하다. 이 가족 같은 친근감을 어떻게 서비스에 담을 수 있겠는가?

가게를 다 둘러보고 앞쪽의 곡식을 바라보다 보니 아까는 안 보였던 까만 알맹이가 눈에 띈다. 그 까만 알맹이가 갑자기 움직이기 시작한다. 하마터면 소리 지를 뻔했다. 벌레였다. 아! 이를 어쩌나! 빨리 나가고 싶었다. 컨설턴트에게 가게 안쪽은 그만 봐도 될 것 같다고 하니 천천히 더 많이 보란다. '충분히 봤어! 못 볼 것도 봤다고!' 컨설턴트의 배려 있는 말이 채 끝나기도 전에 나는 키 낮은 문으로 튀어나왔다.

조사를 마치고 돌아올 때 컨설턴트에게 움직이는 까만 알맹이 이야기를 하니 키라나의 문제 중에 위생이 커다란 부분을 차지한다고 한다. 사람들이 점차 위생에 관심이 많아져 키라나들도 현대식으로 바뀌어 제품을 밀폐 포장해두는 곳이 많아지고 있단다. 기회가 된다면 다른 유형의 키라나도 보고 싶다고 했더니 의욕적인 클라이언트라며 키라나들이 늘어서 있는 곳이 근처에 있으니 당장 가보자고 한다. 컨설턴트가 차를 세운 길가에는 여러 키라나들이 늘어서 있다. 가게 안쪽으로도 들어가 물건을 구경할 수 있는 구조다. 차에서 내려 한 가게를 구경했다. 가게 앞쪽에는 곡류와 감자, 마늘, 양파 같은 식재료를 내놓고 있다. 그 옆 가게의 앞쪽에도 감자, 마늘, 양파를 내놓고 있는 것이 눈에 띈다. "인도 사람들이 감자, 마늘, 양파를 좋아하나 봐요?" 하고 현지 컨설턴트에게 물으니, 예상치 못한 이야기를 들려준다. 인도에는 종교가 무수히 많은데 그중 자이나교가 엄격한 채식주의라 감자, 마늘과 같은 뿌리채소를 동물성으로 취급해 먹지 않는다며, 이 가게가 자이나교가 아니라는 것을 알 수 있다고 한다. 그들의 마트 쇼핑은 그들의 종교와 밀접했다. 먹는 것이 같은 사람들끼리 모여 살고 같은 가게를 이용할 수밖에 없었던 것이다.

"마살라 티?"

가게 안쪽을 구경하고 있으니 가게 주인이 막 끓여낸 차를 우리 일행에게 내민다. 잠시 당황했다. 현지 음식을 함부로 먹지 말라고 한 말이 떠올랐다. 끓였으니 괜찮을 거야. 아니야, 마셨다가 탈나면 다른 조사를 못하게 될 수도 있어. 그래도 외국서 온 손님이라고 대접해주려는 마음을 거절하면 예의가 아닐 거 같다. 머릿속이 바빴다. 하지만 이미 늦었다. 내 입은 감사하다고 말하고 있었고 내 손은 이미 차를 들었다. 한 입 들이켰다. 오! 맛있다, 정말! 엄지손가락을 치켜

들며 맛있다고 하자 주인아저씨는 무척 만족스럽다는 표정으로 컨설턴트에게 뭐라고 말을 한다. 차가 많으니 한 잔 더 마셔도 된다고 했단다. 하하하!

주인아저씨는 신이 나서 가게에 있는 제품들을 설명해 주었다. 비닐에 든 스낵은 자기 아내가 집에서 만든 것이라 다른 가게에는 없는 차별화된 제품이라고 자랑했다. 가게의 특산품 같은 것이라고 했다. 가정에서 만든 음식을 판매하는 행위에 규제가 있는 한국에서는 상상도 못 할 일이다. 많이 팔리느냐고 물으니 아주 잘 팔린다고 했다. 큰 종이 포대에 담아두었다가 퍼주는 방식이 아니라 비닐 포장을 해 위생적이어서 더 좋아한다고 덧붙였다. 위생이 화두이긴 한가 보다. 비닐 포장을 했다고는 하나 제조일도 없고, 제조인도 없고, 무슨 재료로 만들었는지도 없이 그냥 비닐 포장만 된 것이다. 현지인들이 먹는 스낵은 어떤 맛인지 궁금해 가게를 나올 때 종류별로 세 봉지 샀다. 조사를 마친 후 저녁에 호텔에서 디브리핑을 할 때 스낵을 꺼내어 동료들과 함께 먹었다. 다음 날 우리는 소비자조사에도 아무 탈 없이 참석했다. 쥔장 아내분의 솜씨가 좋았던 것으로!

난생처음
무슬림 소비자를 만나다

    통역사가 초인종을 누른 후 얼마 되지 않아 젊은 여자가 문을 연다. 여자는 까만 히잡을 쓴 것을 빼고는 반팔 티에 청바지를 입은 모습이 보통의 20대와 같았다. 난생처음 무슬림 소비자를 만나는 순간이다. 너무도 흥분되었다. 무슬림들은 어떻게 살까? 뭘 해 먹을까? 친구들을 만나면 뭘 하며 놀까? 숱하게 만났던 한국의 소비자들과는 다르게 아주 사소한 것까지 궁금했다. 그도 그럴 것이 한국의 소비자는 집도, 식사도, 관심사도 어느 정도 알고 있는 상태로 만나는데, 다른 나라 사람들 특히 종교가 문화를 지배하는 곳의 사람들은 어떤 모습으로 사는지 인터넷으로 찾아본 정도지 잘 모르고 있었으므로 물음표가 한 보따리인 것이다. 이제 곧 그 이야기를 들을 수 있을 거라는 기대감에 설레었다. 다소 긴장이 되기도 했다. 문화가 달라 실수하는 일이 생기지 않도록 해야 한다는 생각에 조심스러웠다.

그녀는 기다렸다는 듯이 문을 열고 우리 일행을 반겨주었다. 통역사가 우리를 한국에서 온 사람들이라고 소개하는 것 같았고 둘은 악수를 나누었다. 이슬람교도들은 알라 외에는 목례를 하지 않는다고 인터넷에서 미리 찾아본 바로도 나와 있었다. 그녀는 통역사와 악수한 손을 가슴에 댔다. 다른 사람과 악수하기 전에 손을 닦는 행위인 줄 알았는데 진실함과 친근감을 표시하는 인사법이란다.

'이렇게 인사하는구나!'

나와 인사할 때도 그랬다. 그녀는 나와 악수한 손을 가슴에 댔다. 나도 그녀를 따라, 악수한 손을 내 가슴에 갖다 댔다. 외국 소비자를 만날 때는 가급적 그들의 문화를 이해하고 따라주려는 노력이 라포(rapport)를 형성하는 데 적잖이 도움이 된다. 그녀는 내 모습에 미소를 지어준다. 그렇게 또 낯선 소비자와의 첫 교감이 이루어졌다. 한국에서부터 준비하고 연습했던 이슬람식 인사말은 까마득히 잊었다. '앗살라무 알라이쿰'이라는 인사말은 악수를 마친 후에야 떠올랐다. 으이구!

나와 일행은 그녀가 안내하는 대로 집 안으로 들어가 거실의 소파에 자리를 잡았다. 그녀는 잠시 음료를 내오겠다고 했다. 궁금했던 이슬람교도의 집을 신기해하는 눈으로 훑어본다. 천장에 매달려 있는 커다란 선풍기와 시원한 타일이 깔린 거실 바닥이 눈에 띄었다. 한국에서는 거실 바닥을 타일로 하는 경우가 드문데 더운 나라라 시원하게 집의 온도를 유지하기 위해 그런 걸까 싶었다.

눈만 바쁘게 집 구경을 하다 보니 주인장이 집 문을 닫는 걸 깜빡했는지 아직 열려 있는 것이 보인다. 음료를 준비하는 그녀 대신 문을 닫고 오려고 일어났다. 통역사가 놀라서 나를 말린다. 무슬림은 남자와 여자가 같은 공간에 있을 때는 문을 열어두어야 한단다. 우리 일행 중에 남자가 둘이 있어서 열어두었던 것이다. 남녀가 유별한 정도가 조선시대급인 걸 모르고 실수할 뻔했다. 다른 나라에서 통역사를 고용하는 일은 드문데 이번 프로젝트에서는 문화적 차이 때문에라도 필요하다고 판단했던 것이 다행이었다. 이 프로젝트를 통틀어 통역사는 큰 도움이 되었다. 미국이나 유럽과 달리 동남아시아와 같이 문화적 차이가 큰 나라에서 통역사는 문화 해설사의 역할을 해준다.

그녀가 차를 내왔고 우리 일행은 각자 소파와 그 옆 바닥에 자리를 잡고 앉아 인터뷰 내용을 메모할 펜과 노트를 준비했다. 그녀는 인터뷰라는 것을 해본 적이 없어 자신이 도움이 될 수 있을지 우려된다며 다소 긴장한 모습이었다. 이 시간이 가장 조심스럽다. 서로 아직 아는 것이 없는 시간이므로 최대한 신뢰가 생길 수 있도록 소개를 하고 인터뷰가 어렵지 않다는 것을 느끼게 해 안심시키는 것이 중요하다. 나는 조심스럽게 소개를 시작했다. 우리는 한국에 있는 휴대폰서비스 만드는 회사에서 왔으며 동남아시아 시장에 진출하고자 하는 계획이 있는데 시장 진출 이전에 동남아시아 시장의 소비자들은 어떤 휴대폰서비스를 이용하고 어떻게 이용하며 왜 그 서비스를 이용하는지 등을 알기 위해서 사전조사 차 당신을 만나러 왔다고 소개했다. 당신 외에도 더 많은 소비자를 만나기로 예정되어 있으며 이번이 첫 인터뷰라고 했다. 3시간 정도 걸릴 것이라고 이야기하면서 일정에 무리가 없는지 다시 한 번 확인했다. 그녀는 가능하며, 다만 인터뷰 중간에 기도 시간이 되면 방에 들어가 기도를 해야 한다고 말하며 양해를 구했다. 정말 그렇구나! 무슬림들은 매일 새벽 5시, 오후 1시, 오후 3시, 오후 6시, 오후 7시 이렇게 하루에 다섯 번 기도한다는 것을 들어서 알고 있었지만 소비자 조사 중에 그것을 경험하게 되다니 신기했다.

먼저 그녀가 사용하고 있는 디지털 기기를 보여달라고 했다. 아이폰과 아이패드, 노트북 그리고 모바일핫스팟을 방에서 들고 나왔다. 아이폰으로는 오늘은 뭘 했는지, 어젠 어떤 앱이나 서비스를 이용했는지, 최근에 이용했던 것 중 좋았던 서비스가 있는지 등을 묻자 그녀는 '이 정도쯤이야' 하는 듯 자신이 주로 사용하는 앱을 늘어놓고, 스케치 앱으로 그린 그림도 보여주면서 자랑도 늘어놓아준다. 인터뷰라고 해 어려운 것을 물을 줄 알았는데 자신이 경험하고 있는 이야기만 하면 되는 거구나 싶었는지 그녀는 한층 편안해 보이고 수다스러워졌다. 시간이 흘러 주고받는 말이 많아지면서 그녀는 자신의 재미있었던 경험을 이야기하다가 스스로 몰입이 되었는지 목소리가 커지고 말이 다소 빨라졌다. 이럴 때는 인터뷰 진행자도 희열을 느낀다. 소비자가 더 이상 나를 '인터뷰하러 온 연구원'으로 느끼지 않고 원래 알던 사람처럼 친근감을 느끼면 조사 대상자로서 대답을 하는 것이 아니라 자신이 사는 일상 속에서의 모습을 보여주기 때문에 조사되는 내용에도 왜곡이 없고 순수한 자료 수집을 할 수 있다. 그 인터뷰는 어느 정도 성공이다.

인터뷰를 통해 안 것이지만 말레이시아 사람들은 어느 나라보다도 다양한 모바일 메신저를 이용하고 있었다. 그 이유는 말레이시아 국민의 경우 말레이계, 중국계, 인도계, 아랍계 등 인종이 무척 다양하게 구성되어 있는데, 인종마다 선호하는 메신저 서비스가 달라 상대방이 선호하는 메신저를 사용해주다 보니 다양한 메신저를 모두 활발히 이용하게 된 것이다. 예를 들면 말레이계는 대부분 이슬람교도여서 엄격한 남녀유별 계율을 적용 받아 연인 사이에서도 스킨십의 제약이 크다. 이들에겐 이모티콘으로 '쪼옥~' 뽀뽀를 할 수도 있고 갈비뼈가 으스러지게 안아줄 수도 있는 '라인(네이

버의 모바일 메신저 서비스)'이 그렇게 고마울 수가 없단다. 평소에 옷차림조차도, 윗도리는 팔꿈치가 보이게 입으면 안 되고 아랫도리는 무릎 아래까지 몸을 가릴 수 있게 입어야 하는데 스킨십은 오죽하겠는가! 세계적인 한국 가수 싸이의 〈강남 스타일〉을 패러디한 이슬람교도 여성이 유튜브에서 파란을 일으켰던 것도 팔꿈치가 보이게 소매를 걸고 춤을 추었기 때문이다. 페트로나스 빌딩(쿠알라룸푸르 한복판에 소재한 쌍둥이 빌딩) 앞에서 스킨십을 하다가 적발되어 종교경찰에게 끌려가 맴매를 맞았다는 이야기를 들은 적이 있다. 최근에는 한 무슬림 정치인이 불륜을 저질러 공식적으로 회초리를 맞은 사건도 있었다. 중국계 말레이시아인들은 또 다르다. 대학생들의 경우 너무 비싼 집값과 물가를 감당하기 어려워서 남녀가 한 집에서 자취를 하기도 한단다. 중국계 대학생들은 톡박스(Talkbox)로 메시지를 녹음해서 보내고, '큐비'로 귀염귀염 이모티콘으로 대화하는 것을 즐긴다. 가장 널리 사용되는 왓츠앱(WhatsApp)은 한국과는 조금 다르게 메시지를 텍스트로 입력하기보다는 동영상을 찍어서 보내고 있었다. 왓츠앱으로 대화한 것을 보여달라고 하니 텍스트는 거의 없고 동영상만 가득이다. 이건 중국 사람들이 텍스트로 입력하기 어려운 자신들의 문자가 텍스트로 입력하기 복잡한 것을 고려해 메시지를 전달할 때 녹음하거나 녹화해서 보내는 방식을 닮아 있었다. 커뮤니케이션은 그들이 쓰는 언어의 영향을 많이 받는다. 다른 인터뷰들을 통해서도 확인할 수 있었던 것은 말레이시아인들은 인종이 무엇이든 다른 사람들과의 소통에 매우 적극적이었다. 인터뷰가 끝난 후에 우리와 연락하고 지낸다면 카카오톡을 쓸 것 같다고 했다.

그녀의 수다가 한참이던 중, 열어두었던 창밖으로 노랫소리 비슷한 것이 들렸다. 마을 방송 같은 느낌이었다. 그녀는 밖에서 나는 소리가 코란 경이라고 소개하며 이 동네는 무슬림들이 사는 마을인데 기도할 시간이 되면 마을 스피커로 경을 읽어주거나 녹음된 경을 틀어준다고 했다. 기도할 시간이 된 것이다. 내심 기도하는 모습이 궁금하다. 인터뷰를 잠시 멈추고 자리에서 일어나는 그녀에게 혹시 기도하는 것을 볼 수 있는지 물으니, 잠시 고민을 하다가 "여자분들만 들어오세요"라고 한다. 가슴이 얼마나 뛰던지. 리서치를 하면서 다른 나라 사람들의 문화를 그대로 경험하는 것은 흔치 않다. 그런 귀한 경험을 허락받은 것이다. 그녀가 자리에서 일어나 방으로 들어간다. 그러고는 기도를 하기 위해 방에 미리 준비되어 있던 하얀 옷을 걸친다. 방의 구석에 조금 삐딱하게 놓인 기도 매트에 올라가 그녀의 신에게 성스러운 기도를 올린다. 그 모습이 어찌나 성스럽던지 옆에서 보고 있는 것이 예의가 아니라는 생각이 들어 그만 방을 나왔다.

계획했던 3시간을 훨씬 넘어 4시간 반이 되어서야 인터뷰가 끝났다. 미국 같았으면 3시간 동안 홈 인터뷰(Home Visit Interview)를 하기도 어려울뿐더러 계획한 시간이 되면 하던 인터뷰를 마치고 나와야 할 것이다. 인터뷰가 끝날 때 그녀는 우리를 '이젠 친구'라고 불렀고 우리에게 명함을 요청했다. 집을 나와 다음 장소로 이동하던 중에 알람이 울린다. 그녀가 페이스북에 친구신청을 해왔다. 아! 이 사랑스러운 민족! 다음 인터뷰가 기대된다.

인터넷 링크를 못 여는
데이터 요금제가 있어요

인도네시아로 가는 비행기는 기류가 불안정한지 한참을 흔들렸다. 먹은 것이 튀어나올 정도였고, 무엇보다 이대로 무사히 인도네시아에 도착하면 나중에 한국에 돌아가서 가족들에게 잘하며 정말 착하게 살겠노라는 기도문이 절로 흘러나오고 있었다. 그렇게 승객들의 몸을 흔들어 댄 자이로드롭 같던 비행기가 무사히 착륙했다. 이제 곧 호텔에 가서 놀랐던 마음을 달래고 쉴 수 있겠구나 하는 생각과 달리 입국심사 줄은 오늘 중으로는 호텔에 도착할 수 없을 것이라고 예고하는 듯했다. 지루했던 대기 시간이 두 시간을 채

워갈 때쯤 다리에 느낌이 사라지고 있을 무렵 내 차례가 되었다. 준비해둔 비자 비용을 현금으로 내고 비자를 받았다. 지난번에도 해봐서 이번에는 아주 능숙하게 했다. 외국에 나가면 왠지 그곳에 익숙한 모습으로 있고 싶은 느낌이 든다. 늦은 밤이라 호텔까지는 생각보다 오래 걸리지 않았다. 짐을 풀자마자 피로가 몰려왔다.

긴장했던 탓인지 깜짝 놀라 눈이 뜨였다. 시계를 보니 아직 이른 아침이다. 서둘러 식당에 내려가 든든한 아침 식사를 마치고, 인터뷰 장비를 준비해 로비로 나왔다. 통역사가 올 시간이 다 되어 가는데 연락이 없다. 잠시 후 전화가 왔다. 호텔이 코앞이란다. 근데 오래 걸릴 것이란다. 이건 또 뭔 소리인가! 호텔이 보인다던 그녀는 정말 30분이 걸려서야 로비에 모습을 나타냈다. 인도네시아는 가까워도 길이 막히면 몇 시간이 걸릴지 모른단다. 그 말이 맞았다. 소비자의 집에 가는 길도 그랬다. 원래는 자카르타 시내에서 약 30분이면 가는 거리인데 1시간 반이 넘게 걸리고 있었다. 인도네시아에 있는 동안 이유도 모르고 늘 막혔다. 인도네시아의 시간은 늘어난 고무줄 같았다.

"지금이 라마단 기간이에요. 소비자가 점심 식사를 하지 않을 거예요."

통역사가 말한다. 이번 소비자조사에서는 오전에 소비자의 집에 방문해 3시간가량 인터뷰하고 오후에는 일상을 살아가는 모습을 관찰하기로 했는데, 그 사이 점심시간이 있지만 라마단이라 점심을 거를 것이라는 말이었다. 라마단은 아랍어로 '무더운 달'을 뜻하는데 이 달에는 해 떠 있는 시간에는 금식(fasting)을 해야 한단다. 그래서 해가 뜨기 전 새벽과 해가 지고 난 밤에 많이 먹어 두는 풍습이 생겼는데 이 폭식으로 인해 라마단 기간에는 소화제가 많이 팔린단다. 통역사는 어차피 현지 소비자의 환경에 들어가 소비자가 경험하는 것을 수집할 것이라면 소비자를 따라 금식을 해보면 어떻겠느냐며 농담 반 진담 반 의견을 준다. 말이 나온 김에 나와 동료들은 소비자와 함께 점심을 굶어보기로 했다. 통역사 덕분에 소비자 체험을 하게 되었다.

"이 집이에요."

통역사가 파란 대문의 집을 가리킨다. 그 파란 대문을 열고 나온 소비자는 아기 엄마였다. 아기 엄마는 아기를 베이비시터에게 맡기고 주방에 가서 물과 컵을 내왔다. 그러면서 통역사에게 무슨 말을 한다. "라마단이라 물밖에 드릴 것이 없다고, 죄송하대요." 통역사가 그녀의 말을 전해준다. 얼른 통역사에게 이분들은 물은 마시느냐고 물으니 물마저도 해가 떠 있을 때는 마시지 않는다고 한다. 나도 물을 마시지 않아야겠다는 생각을 했다.

우리는 그녀에게 오늘 하루 동안의 조사에 응해주어 감사하다는 인사와 함께 오전은 주로 디지털 기기를 이용한 경험을 물어보고 휴대폰 서비스 중 주로 어떤 서비스를 이용하는지, 왜 그 서비스를 이용하는지 파악하고 오후에는 평소의 일정대로 생활하시면 그동안 옆에서 휴대폰 이용 양상을 관찰한 후 마지막으로 헤어지기 30분 전에 관찰한 내용 중에 확인이 필요한 것을 사후 인터뷰하겠다고 설명했다. 그녀는 기대된다고 했다. 조사 대상자의 성향이 호의적이고 적극적이면 그 조사의 반은 성공한 것이다.

먼저, 오늘 아침에는 휴대폰으로 뭘 했는지 물었다. 그녀는 자신의 아이폰과 블랙베리를 꺼내 둘 다 썼는데 뭘 이야기해줄까 하고 되물었다. 휴대폰을 두 개나 쓰고 있었다. 아이폰으로는 인터넷을 쓰기가 편해 유튜브나 페이스북이나 바틱(인도네시아 전통 염색법으로 만든 의류)을 파는 쇼핑사이트에 들어갔다고 했고, 블랙베리는 BBM(블랙베리 메신저)을 이용했다고 했다. 아이폰이 있는데 블랙베리는 왜 계속 이용할까 궁금해 통역사에게 그 이유를 물어봐 달라고 했다. 돌아온 답은 블랙베리 메신저로는 친구들과 일상의 수다를 떨기도 하고 무엇보다 지인들로부터 쇼핑을 한다고 했다. 자신이 물건을 팔기도 한다고 했다. BBM을 보여 달라고 하니 프로필 사진에 사람 사진보다 물건 사진이 더 많다. 그것이 다 파는 물건들이란다. 립스틱, 가방, 노트북…… 물건도 다양하다. BBM은 전화번호나 PIN번호를 등록해 친구를 맺을 수 있는데 그러다 보니 아는 사람끼리 이용하는 메신저다. 그런데 그 대문 사진이 물건 사진이라는 것이 다소 생소해서 더 물어보니 모르는 사람에게서 물건을 산다는 것은 믿을 수 없는 사람에게서 가격을 속고 살 가능성이 많다고 판단하고 있었다. 좋은 물건이라고 해 제값 주고 사와서 보면 중고

인 경우도 다반사여서 아는 사람이 파는 물건을 사야만 속지 않는다는 것이다. 이 소비자만이 아니었다. 인터뷰를 진행하는 소비자마다 그런 양상을 보였다. 이것은 문화가 되어 있었다. 쇼핑몰 사업으로 이 나라에 진출하려 한다면 판매자의 신뢰를 어떻게 검증해줄 것인지 고려할 필요가 있었다.

그녀가 일상의 대화와 쇼핑을 블랙베리로 하면서도 인터넷 서핑은 아이폰으로 하는 것도 특이했다.

그녀가 보여주는 블랙베리 화면에서는 페이스북에 올라와 있는 링크를 열 수가 없었다. 처음엔 랙이 걸린 줄 알았으나 영영 열리지 않을 것이란다. 알고 보니 데이터 요금제 때문이었다. 한국에서는 데이터가 있으면 인터넷의 어떤 페이지든 다 열리도록 되어 있는데 인도네시아에서는 데이터 플랜이 매우 세부적으로 나뉘어 인터넷의 첫 페이지만 열리는 경우, 더 많은 페이지가 열리지만 링크는 안 열리는 경우 등 데이터 플랜에 따라 인터넷 페이지를 보여주는 방식에 제한을 많이 두고 있었다. 메시지가 온 것만 알 수 있는 경우, 메시지를 열어볼 수 있는 경우, 메시지 속 링크도 열 수 있는 경우가 데이터 플랜이 다른 것이다. 아이폰의 경우, 폰을 살

때부터 인터넷의 모든 페이지와 연결된 링크도 보여주는 데이터플랜(한국과 같은 방식)을 가입해야만 폰을 구입할 수 있도록 하고 있어 아이폰으로는 어떤 인터넷 페이지도 열리는 것이다. 블랙베리는 메신저를 써야 해서 데이터를 이용하긴 하지만 친구가 링크를 걸어둔 것까지 보고 싶을 때는 데이터를 별도로 더 구입해서 이용하고 있었다.

아니나 다를까 그녀는 우리에게 블랙베리를 이용한 경험을 이야기하다가 그만 데이터가 부족해졌다. 이럴 경우 어떻게 하느냐고 물으니 동네 마트에 가서 '뿔사'를 사서 휴대폰에 그 번호를 입력하면 데이터가 다시 생긴다고 했다. 말이 나온 김에 평소 하던 대로 좀 보여줄 수 있느냐고 하니 그녀는 마트에 가보겠다고 한다. 밖은 너무 더워 마트에 걸어갈 수가 없단다. 그러고는 어딘가에 전화를 했고 곧 릭샤가 여러 대 왔다. 우리 일행을 위해 릭샤를 몇 대 더 부른 것이다. 두 명씩 탈 수 있는 릭샤에 나누어 타고 자신을 따라오란다. 올 때 탔던 차는 양반이다. 릭샤는 쉼 없이 덜컹거렸다. 무엇보다 나는 앉아 있고 깡마른 릭샤 운전사가 쉴 새 없이 발을 구르는 모습이 너무 안쓰러워 적응이 안 되었다. 마트에 갈 때 릭샤를 타고 다닌다는 소비자는 매우 편안해 보였다. 마을길을 10분쯤이나 갔을까 동네 마트가 하나 보였다. 이 정도 거리를 걸어서 다닌다면 몸에 참 좋을 거리라는 생각이 들지 않을 만큼 더웠다. 그녀는 내 집처럼 마트에 들어가 식재료와 함께 뿔사를 샀다. 집에 돌아와서는 블랙베리에 데이터를 충전했다. 이런 데이터 환경에 대한 이해가 없이 아주 훌륭한 앱을 만들었다며 한 페이지 띄우는 데 많은 용량이 드는 서비스를 론칭한다면 인도네시아 국민들은 영영 그 페이지를 열어보지 못할 수도 있다는 것을 감안해야 했다. 그곳에서 사업을 하려면 그곳을 알아야 한다.

그녀의 흥미로운 이야기를 듣다가 예정보다 더 많은 시간이 흘렀다. 배에서 꼬르륵 소리가 났다. 소리가 새어 나가지 않게 얼른 배를 가렸다. 배고픈 것이 죄는 아니지만 아무것도 먹을 수 없는 그녀 앞에서 꼬르륵 소리도 사치 같았다. 한 끼 굶었을 뿐인데 벌써 힘이 없었다. 감사하게도 그녀는 아직 힘이 넘쳤다.

집을 나와 그녀의 다음 일정을 따라 나섰다. 자카르타 시내에 있는 바틱 가게에 가야 한단다. 우리가 타고 온 차량과 그녀의 남편이 운전하는 차에 우리 일행이 나누어 타기로 했다. 나와 동료, 그리고 통역사가 그녀를 따라 그녀의 남편 차에 탔다. 차 안에서는 어떤 대화를 나누며 휴대폰으로는 주로 뭘 하는지 관찰할 목적이었다. 그녀의 남편은 차에 타자마자 CD를 틀었다. 매일 듣는 CD란다. 그런데 어디서 많이 들어본 노래가 나온다. 한국의 걸그룹 '소녀시대'다. 그런데 발음이 '소녀시대'가 아니다. 내가 의아해하자 그녀의 남편이 설명을 잇는다. 이들은 체리벨레라는 인도네시아 걸그룹인데 '소녀시대'의 멤버들과 외모가 비슷한 사람들을 모아 결성한 그룹이란다. 이 그룹은 블랙베리 메신저로 오디션을 보고 캐스팅했다는 말도 덧붙인다. 블랙베리는 인도네시아 국민폰이었다.

소비자조사를 마치고 나니 하루가 다 갔다. 몸은 지쳤지만 마음은 반가웠다. 드디어 식사를 할 수 있게 된 것이다. 우리 일행은 호텔에 가서 각자 편한 옷으로 갈아입고 다시 모여 식사를 한 후에 디브리핑을 하기로 했다. 호텔에 들어오니 진풍경이 펼쳐져 있다. 카페테리아에 손님이 꽉 차 있고 테이블 위에는 이미 음식들이 가득하다. 그런데 먹고 있는 사람들이 없다. 곧 북이 울리고 사람들은 테이블에 풍성하게 차려진 식사를 허겁지겁 먹기 시작했다. 그 북소리가 바로 해가 떨어졌다는 것을 알리는 소리였던 것이다.

인터뷰와 관찰조사

소비자를 만나서 조사하는 방법은 수십 가지가 넘는다. 그중 대표적인 방법이 인터뷰와 관찰조사다. 이 두 조사 방법의 차이는 무엇일까? 각각은 언제 어떻게 활용하면 좋을까?

인터뷰와 관찰조사의 가장 큰 차이는, 알고자 하는 것을 조사 대상자에게 '물어서' 파악하느냐, 조사 대상자가 제품이나 서비스를 이용하는 '행동과 태도를 보고' 파악하느냐다. 전자가 인터뷰고, 후자가 관찰조사다. 이를 테면 세탁 세제 관련 소비자조사를 할 때 "세탁기에 세제를 넣으실 때 어느 정도 넣으시나요?"라고 묻는 것이 인터뷰 방법이고, 실제로 집에 가서 세탁기를 사용하는 상황을 관찰하면서 세제를 얼마나 넣는지 보는 것이 관찰조사 방법인 것이다.

그래서 소비자 인터뷰를 할 때는 질문지를 준비한다. 프로젝트의 답을 찾기 위해 알아야 하는 것을 정리한 후에 그중에서 소비자에게 물어야 하는 것을 인터뷰 질문으로 정리하는 것이다. 소비자가 아닌, 인터넷에서 자료를 찾아봐야 하는 것이나 전문가에게 물어야 하는 것은 소비자 인터뷰 질문지에 넣지 않는다.

전문가에게 물어야 하는 것과 소비자에게 물어야 하는 것은 완전히 다르다. 전문가에게는 의견을 묻지만 소비자에게는 경험을 묻는다. 전문가에게는 뭘 만들어야 하는지를 물어도 좋지만 소비자에게는 뭘 만들어주면 좋을지를 물어서는 안 된다. 소비자는 자신에게 필요한 것이 무엇인지 모르기 때문이다. 소비자가 스마트폰이 없던 시절에 자신이 원하는 것은 아이폰이라고 말한 것이 아닌 것처럼.

그래서 인터뷰 질문지에서는 대부분, 최근 경험, 기억나는 경험 등을 묻고, 그 경험이 왜 좋았는지, 왜 안 좋았는지, 왜 기억이 나는지 이유를 물어서 니즈를 찾아낼 수 있도록 한다. 하지만 사람들이 인터뷰에서 말하는 것은, 잘 아는 것, 생각나는 것, 일반적인 것, 중요하다고 생각되는 것들이다. 말로 설명하기 어려운 것이나 사소하다고 생각하는 것, 또는 습관적인 것은 인터뷰에서 말하지 않고 간과하기 쉽다.

또 사람들은 자신이 느끼는 것이나 행동하는 것에 대해 말로 정확히 표현하기 어려워한다. 그런 면에서 고객의 니즈 중에 언어로 표현되는 것은 일부라고 할 수 있다. 따라서 묻고 대답하는 인터뷰의 형식만을 통해 진짜 니즈를 발견하는 것은 쉽지 않다. 이럴 때 관찰조사를 병행하면 좀 더 정확하게 사람들이 느끼며 행동하는 것을 얻을 수 있다.

관찰조사는 연구원이 준비한 질문을 조사 대상자에게 하고 조사 대상자로부터 그 질문에 대한 답을 들어서 자료를 수집하는 심층 인터뷰와 다르게, 조사 대상자가 제품이나 서비스를 환경 속에서 조사 대상자의 말뿐 아니라 행동, 표정, 분위기를 그 상황과 함께 수집하는 방법이다.

관찰조사를 해보면 소비자들이 우연히 하는 행동이나 평소에는 의식하지 못하고 하는 행동도 발견할 수 있다. "내가 그랬었군요"라며, 말로 하던 것과는 다른 행동을 하고 있는 소비자 자신을 발견하기도 한다. 이런 무의식적인 행동 속에 진짜 니즈가 있다.

실제로 세탁 세제 관련한 소비자조사를 했을 때 그랬던 적이 있다. 소비자 인터뷰만으로 행동을 파악하기가 어려워 관찰조사를 했는데 인터뷰 때 한 말과 관찰조사에서 발견한 행동이 달랐다. 조사 대상자들은 인터뷰에서는 세제 스푼을 이용해 정량을 넣는다고 답변했지만 막상 집에 가서 관찰조사를 했을 때는 세제를 통째로 들고 세탁기에 붓는 모습을 볼 수 있었다.

관찰조사가 끝난 후에 특이한 행동에 대해 궁금한 것을 물어보는 사후 인터뷰에서 "아까는 왜 세제를 들고 부으셨나요?" 하고 물으니, 멋쩍어 하면서 "정량만 넣으면 왠지 빨래가 깨끗하게 안 될 것 같아서요"라고 답했다. 그녀는 평상시 세제 스푼을 사용했는데 그날은 빨래가 많아서인지 세제 스푼으로 넣어서는 세탁이 잘 될지 의문이 들었다고 했다.

무음청소기를 이용하면 먼지나 미세한 쓰레기를 빨아들이는 소리가 나지 않아 청소가 안 되고 있다고 느끼는 것과 마찬가지의 현상이었다. 이렇게 우연한 행동에는 니즈가 숨어 있기 쉽다. 세제를 농축시켰으므로 조금만 넣어도 되는 세제라고 했지만 사람들은 세제의 양을 조금만 넣는 것에 대해 못 미더웠던 것이다. 한 스푼만 넣어도 빨래가 정말 잘 된다는 것을 소비자가 직접 확인해줄 수 있는 방법이 필요했다는 것을 알 수 있다.

　사람들은 자신이 '이렇게 한다'고 말하는 대로 항상 행동하지는 않는다. 거짓말을 한다는 의미가 아니라, 늘 그렇게 행동하는 것은 아니라는 의미다. 그것이 중요한 이유는 평소 세제 스푼으로 세제를 퍼서 세탁기의 세제 통에 넣더라도 가끔 세제를 통째로 들고 붓는 일이 있다면 거기에 불편한 점이나 니즈가 있다는 것을 알 수 있기 때문이다. 아무리 농축된 세제여서 조금만 넣어도 빨래가 잘 된다고 광고를 해도 그것은 설명일 뿐이며 정말 빨래가 잘 된다는 것을 소비자 스스로 확신할 수 있는 방법이 있었으면 좋겠다거나 하는.

　드럼세탁기를 이용하는 주부들을 대상으로 한 조사에

서도 관찰조사를 병행한 적이 있다.

"세탁기 이용하시는 건 어떠세요?"

"드럼세탁기로 바꾸고 편해졌어요. 건조도 되고. 시간이 오래 걸리는 것 말고는 다 좋아요."

주부들은 관찰조사를 하기 전에 사전 인터뷰에서 드럼세탁기를 사용하는 것이 편하다고 이야기했다. 하지만 막상 드럼세탁기를 이용하는 주부들의 행동에서는 다소 불편함이 있어 보였다. 세탁기 문이 앞쪽에 달려 있는 프런트 도어 드럼세탁기를 이용하는 주부가 세탁물을 꺼낼 때 한쪽 손으로는 드럼세탁기 입구를 잡고 한쪽 팔을 드럼 세탁기 안으로 깊숙이 집어넣고 얼굴을 세탁기 바깥쪽으로 튼 후에 팔을 휘휘 저어 세탁기에 남아 있는 빨래가 있는지 확인하고 있었다. 그러고는 구석에 남아 있던 양말 한 짝을 꺼냈다.

그 자세는 그다지 편해 보이지 않았다. 세탁을 마쳤을 때 세탁물이 꺼내기 쉽게 앞으로 쏠려주는 것도 아니고, 바닥에 앉아 허리를 숙이지 않고도 편하게 세탁물을 꺼낼 수 있는 것도 아닌데 왜 인터뷰에서는 편하다고 말할까? 그들은 실제로 평소에도 편하다고 느끼고 있었다. 사람들은 자신이 필요로 하는 것을 항상 말로 할 수 있는 것은 아니다. 무의식중에 느끼는 불편함은 더욱 말로 하기 어렵다. 원래 그 정도의 불편함은 다 있는 것이라고 느끼는 경우에 그렇다. 하지만 그런 것을 해결해줄 때 크게 감동한다.

일본의 파나소닉 제품 중에 30도 기울어진 드럼세탁기가 있다. 이 세탁기를 이용하는 사람들을 대상으로 조사를 할 일이 있었다. 우리가 만난 소비자들은 이 세탁기로 갈아타기 전에 세탁기의 문이 앞쪽에 있는 프런트 도어 드럼세탁기나 일반 통돌이세탁기처럼 위쪽에 문이 있는 탑 도어 드럼세탁기를 이용하던 사람들이었는데, 그래서인지 이들이 30도 기울어진 드럼세탁기로 바꾸었을 때 느낀 가장 큰 장점은 세탁물을 꺼내기 좋게 기울어진 디자인이었다. 세탁물 꺼낼 때 허리가 편하다는 매력 포인트가 일본 전역에서 이 제품이 선풍적인 인기를 끌게 하기도 했다. 우리나라에도 '경사 드럼' 등 기울어진 세탁기가 있으나 주로 10도 내외로 기울어져 있어 세탁기 문을 열고 세탁물을 꺼내는 것 등 사용자의 경험에 있어서는 기존의 세탁기와 큰 차이가 없는 듯하다.

사람들이 당연하게 여기는 것 속에 숨겨져, 소비자가

참고 써야 하는 불편함들이 아직 많다. 그 불편함들을 드러 낼 필요가 있다. 그리하여 이런 불편함을 해결한 제품이나 서비스가 많이 나와 사람들의 생활이 더 윤택해지길 기대해 본다.

고객 되어 보기

옆방 프로젝트의 멤버인 김 매니저가 마스크를 쓰고 출근한다. 평소 돌도 씹어 먹을 것같이 건강해 보이던 그가 어디 아프기라도 한 것인지 궁금해 프로젝트룸으로 향하는 그의 발걸음을 따라가며 내가 묻는다.

"어디 안 좋아요?"

"아뇨. 고객 체험하고 있어요. 하하!"

아픈 것이 아니었다. 김 매니저는 고혈압이나 당뇨와 같은 만성질환을 앓고 있는 환자들의 니즈를 파악해 모바일 서비스로 구현하는 프로젝트를 하고 있었는데, 자신이 어떤 질환도 앓고 있지 않아 환자들의 불편함을 체감하기가 어렵다며 질병을 가지고 있는 사람들이 어떤 것을 느끼는지 '고객 되어 보기(Be The Customer)'를 해보고 있었다.

'고객 되어 보기'는 프로젝트의 주제마다 타깃 고객군이 있는데, 그들을 인터뷰 혹은 관찰조사와 같은 직접조사를 하기 전에 프로젝트 멤버들이 직접 고객이 되어 서비스나 제품을 이용해봄으로써 고객이 느끼는 것을 느껴보는 또 다른 조사 방법이다. 임산부를 위한 디자인을 할 때 5킬로그램 임부복을 입고 임산부 체험을 해보는 것과 마찬가지다. 한마디로 역지사지 기법이다.

김 매니저는 출근하는 동안 자신이 마치 질병이 있는 것처럼 흰 장갑을 끼고 마스크를 한 채로 지하철을 탔더니 사람들이 자기를 기피하는 것 같았다고 했다. 그래서 사람들로부터 심리적으로 격리되는 느낌을 받았다고 한다. 다른 사람들에게 환자라는 것이 노출되었을 때 환자가 사람들 속에서 무엇을 느끼는지 스스로 경험해본 것이다.

가만 보니 프로젝트룸에 혈당을 체크하는 키트도 있다. 당뇨환자 체험도 하는가 보다. "검사 한번 해보실래요?" 하고 묻는다. 아침부터 바늘에 찔릴 생각을 하니 아찔해 정중히 거절했다. 그 프로젝트의 멤버들은 아침, 점심으로 식사 후 개인별 노트에 식사한 메뉴를 꼼꼼히 적고 혈당체크를 해서 수치도 적고 있었다. 마치 당뇨병을 앓고 있는 환자들이 할 것 같은 일상을 따라하고 있었다.

그 프로젝트의 멤버들은 스스로 체험한 이야기를 해주었다. 며칠간 여러 식당에서 점심 식사를 한 후에 혈당을 체크해보니, 회사 바로 옆에 집밥 식단으로 유명한 식당의 반찬들이 조미료를 많이 쓰는지 식후 혈당이 가장 많이 올라갔다고 말해준다. 이런, 그 건강해질 것 같던 반찬들이 다 MSG였던 것인가! 그들은 또 과일과 채소를 그냥 먹으면 당 수치가 크게 올라가지는 않지만 갈아서 한 번에 먹으면 급격히 상승하더라는 이야기도 해준다. 그들은 당뇨를 앓고 있는 사람들이 느끼고 행동하는 것을 함께 느껴가고 있었다.

직접 체험한 것은 강력하다. 그들이 몸소 체험해 알게 된 것들을 듣다 보니 귀가 얇아져 더 이상 그 '집밥' 파는 식당에는 가고 싶지 않아졌다.

고객이 되어 보면, 더 잘 보인다. 본격적 조사인 소비자 인터뷰나 관찰조사에서는 소비자가 느끼는 것을 연구원도 함께 느끼고 공감하는 것이 매우 중요한데, '고객 되어 보기'를 한 후 소비자 인터뷰를 하면 더욱 많은 것을 얻을 수 있다. 고객이 되어 보는 동안 고객이 필요로 하는 것을 몸소 느낄 수 있어서 인터뷰나 관찰조사에서 짐작으로 알 수 있는 것을 넘어선 깊은 이해를 할 수가 있고 그들이 원하는 것을 섬세하게 파악할 수 있기 때문이다.

이를 테면 매일 약을 먹어야 하는 당뇨 환자가 오늘은 약을 먹었는지 가물가물한 것은 고객이 되어 보지 않아도 조금만 생각하면 알 수 있는 불편함이다. 하지만 치킨이나 중국 요리와 같은 배달음식이 당 수치를 높게 해 주문해서 먹을 수 없는데도 불구하고 집에 배달주문 전화번호를 붙여놓는 이유는 알아차리기 어렵다.

우리가 만난 고객이 실제로 그랬다. 홈비짓 인터뷰를 마치고 나오려다 보니 냉장고에 자석으로 된 배달주문 전화번호가 붙어 있었다. 언젠가 몸이 좋아졌을 때 주문해서 먹으려고 붙여둔 희망고문이 아니었다. 1형 당뇨를 앓고 있던 그녀는 호텔 베이커리에서 일을 하고 있었는데 동료들과 함께 만든 빵을 쉽게 맛볼 수가 없고, 몇 조각이라도 먹고 나면 화장실에 가서 인슐린을 맞아야 하고, 남들과 함께 카페에 가도 디저트 케이크를 먹을 수 없는 그런 '일반적이지 않은' 삶을 살고 있었다. 그런 그녀가 배달음식을 주문해서 먹겠다는 것은 상상조차 할 수 없는 일이다. 그녀는 '남들처럼' 보이고 싶은 니즈가 있었던 것이다. 어느 집이나 문이나 냉장고에 배달주문 전화번호가 붙어 있는 것을 보고, 자신은 절대 할 수 없는 것이지만 자신의 집도 다른 집처럼 똑같은 사람들의 집으로 보이고 싶은 니즈가 있었던 것이다.

고객이 느끼는 것을 함께 느낄 수 있어야 진짜 니즈를 알 수 있다. 이런 것은 소비자 인터뷰 전에 인터넷으로 자료를 찾아보는 정도로는 알기 어렵다. 스스로 고객 체험을 해봄으로써 더욱 깊이 있게 느낄 수 있다.

프로젝트가 음악이나 헬스케어, 게임, 스포츠 등 사람들의 일상에 관한 것이어서 프로젝트 멤버들이 어느 정도 알고 있는 주제라고 할지라도 그 영역을 신선하게 바라보는 눈은 부족할 수 있다. 마르셀 프루스트의 말처럼 진정한 발견은 새로운 풍경을 찾는 것이 아니라 새로운 시각을 갖는 데 있다. 낯설게 보아야 신선하게 볼 수 있다.

한 프로야구단에서 직원들에게 고객중심 혁신의 방법론을 교육해달라는 요청이 들어왔다. 야구단은 야구장에 방문하는 고객이나 야구에 관심이 있지만 야구장에 방문하지는 않는 잠재 고객들에게 어떻게 하면 오프라인에서나 모바일로 재미있고 유익하게 야구를 즐길 수 있도록 해줄 수 있을지 고민하고 있었다. '야구단도 이렇게 고객을 생각하는구나' 하며 감탄을 하다가 갑자기 걱정이 된다. 야구를 좋아해 평소 야구를 즐겨 보고 있었지만 야구장의 서비스에 대해서는 잘 몰라서 어떻게 강의를 해야 할지 우려가 되었다. 미리 공부라도 좀 해야겠다고 생각하던 참에 야구단의 마케팅 팀장이 무언가 내민다.

"야구장에 자주 못 오시죠? 이 기회에 한번 이용해보세요."

교육을 진행할 멤버들에게 하루 동안 야구장 구석구석을 이용해볼 수 있는 티켓을 준 것이다. 센스쟁이! 본능적으로 '고객 되어 보기'를 알고 있던 마케팅 팀장에게 엄지 척을 날려드렸다.

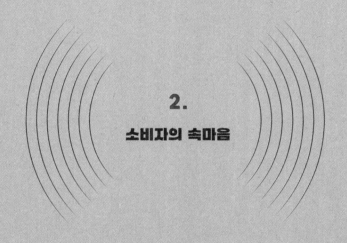

2.

소비자의 속마음

그들이 퇴사하는
이유는 무엇일까

　다른 부서에서 해도 해도 안 되는 일이 프로젝트로 들어올 때가 있다. 이번에 들어온 프로젝트가 그런 스멜이 난다. 다름 아니라 통신사 상담사들이 자꾸 퇴사를 해, 퇴사율을 줄이기 위한 방안을 찾아봐 달라는 것이다. 상담사들이 입사하고 나면 약 3개월 정도 교육이 이루어지는데, 이 교육 기간이 지나고 나면 생산성을 발휘하면서 일을 해야 하는데 오히려 상담사들이 자꾸 퇴사를 한다는 것이다. 딱 봐도 쉽지 않아 보였다.

　게다가 지금까지는 서비스나 제품을 이용하는 소비자

를 대상으로 한 프로젝트를 주로 진행해왔기 때문에 내부 직원이나 자회사 직원을 대상으로 하는 프로젝트는 생각하지 못하고 있던 터였다.

"상담사도 내부 고객인데, 어떻게 안 되겠습니까?"

사람들의 니즈를 파악해 그 해결책을 내놓는 방법론이라면 반드시 서비스나 제품 이용자와 같은 소비자만을 고객으로 한정해야 하는 것은 아니다. 해결해야 할 니즈가 있는 사람들이라면 고객이 될 수 있다. 그런 의미에서 이번 기회에 '고객'의 틀을 확장해보기로 했다.

프로젝트를 요청한 조직에서는 상담사들이 입사하고 나서 3개월 이후에도 잘 정착해 계속 일할 수 있도록 회사에서 뭔가 지원해주고자 하는데 무엇을 해주면 좋을지가 고민이라고 했다. 그 조직이 상담사들이 퇴사하는 이유를 모르는 것은 아니었다. 퇴직서나 퇴사 면담, 또는 퇴직 후 전화 인터뷰 같은 방법으로 그 이유를 파악하고 있었는데, 하루에 받아야 하는 상담콜이 너무 많아서 힘들다거나 직무 지식이 부족해 아직 상담을 하기가 자신이 없는 상태로 상담을 해야 하는 것이 부담되어서라고 알고 있었다. 하지만 그런 부분을 해결해가고 있는데도 불구하고 퇴사자는 계속 늘어가고 있다는 것이다. 거기엔 말하지 않은 혹은 말로 표현하기 어려운 퇴사 사유가 있는 것이다. 퇴사하는 당일에 잠깐 시간을 내어 인사하는 차원에서 하는 퇴사 면담에서 누가 퇴사의 진짜 이유를 진지하게 말하겠는가? 상담사들에 대해 좀 더 이해할 필요가 있었다.

우리 프로젝트 멤버들은 상담사들을 만나 심층 인터뷰하기 이전에 직접 콜센터에 가서 상담사의 하루를 관찰하고 상담사와 함께 이어폰을 끼고 상담 내용을 들어보기로 했다. 며칠 동안 콜센터에 찾아가 상담사들이 어떻게 일하는지, 어떻게 식사하고 휴식하고 퇴근하는지 관찰했다. 그리고 어떻게 상담하는지 상담사와 함께 이어폰을 끼고 들었다.

그들과 함께 지내본 며칠 동안 우리는 그들이 하루를 어떻게 보내는지, 그 속에서 무엇을 경험하고 어떻게 느끼는지, 왜 힘들어하는지 조금은 느낄 수 있었다. 출근하자마자 인바운드로 들어온 상담 전화는 대부분이 핸드폰 서비스 이용에 문제가 있어서 하는 전화이므로 전화하는 사람의 기분이 좋을 리가 없다. 콜이 들어오는 순간부터 그들은 연신 죄

송하다는 말을 하면서 상담 고객의 감정받이가 된다. 상담이 원활하지 못하거나 길어지면 대번에 상담 실장이 그 콜을 함께 듣는다. 실장님의 도움을 받을 수 있다는 면에서 감사할 수도 있지만 잘 대처하는지를 누군가 감시하고 있다고 느껴지면 더 긴장된다. 오전 내내 남의 비위를 맞추면서 보내다가 점심시간이 되면 그나마도 친한 동료들과 함께 식사하기도 어려웠다. 진상 고객이 있었을 때 동료들과 실컷 수다라도 떨면 기분이 나아질 텐데 점심시간에도 쉬지 않는 콜센터에서는 상담 직원들이 교대로 점심을 먹어야 해서 그렇단다. 그러다 힘든 날이 많아지면 그나마 식사도 거르게 된다. 나중에 그룹 인터뷰를 통해 안 것이지만, 말이 없어지거나 점심을 함께 먹지 않는 날이 많아지거나 여러 가지 이유로 회식에 빠지는 날이 많아지는 것은 퇴사의 전조 현상이었다.

게다가 오후에 기분이 매우 상한 고객의 상담콜이라도 받게 되면 그때는 험한 소리 꽤나 듣게 된다. 그들이 이 일을 시작할 때는 다른 사람의 어려움을 잘 들어주고 해결해주는 사람이라고, 이런 성격과 잘 맞는 일일 거라고 생각한다. 그런데 막상 "넌 뇌도 없냐?" 같은 억지소리를 듣고 나면 자신에게 한 소리가 아니라고 아무리 되뇌어도 소용이 없다. 퇴근을 해도 그 말로부터 벗어나지 못하고 자괴감에 빠져 잠을 제대로 이룰 수 없다. 그런 말들을 종종 듣게 되면 쌓여가는 우울감에 '이 일을 계속 할 수 있을까?' 하는 생각이 드는 것이다. 그러다 같이 입사한 동기들이 자꾸 떠나기라도 하면 그들은 더욱 흔들렸다.

심층 인터뷰를 하기 위해 만난 상담사들은 처음에 우리를 반가워하지 않았다. 숨 쉴 틈 없이 바쁜데 본사에서 사람들이 나온 것이다. 하지만 차츰 마음을 열고 많은 이야기를 들려주었다. 입사 후 1개월 동안은 직무교육만 받고, 그 후 2~3개월은 직무교육과 함께 실무를 병행한다고 했다. 이때까지는 동기들과 같이 근무하고, 그 후 4개월째가 되면 마치 자대배치를 받는 것처럼 각자 근무지로 헤어진다고 했다. 그들은 더 이상 인도 며느리의 빨래터처럼 힘든 이야기를 나눌 동기들을 만날 공간도 시간도 없는 것이다. 그리고 상담콜 수라는 목표가 부여되면서 스스로 해 나가야 하는 부담과 함께 차안대가 끼워진다는 것이다. 불만이 많은 상태로 상담전화를 하는 고객의 경우 그 불만 상황을 들어주면 좀 풀리기 때문에 공감해주고 달래주는 시간이 필요한데, 그럴 여유나 권한이 없다는 것도 그들에게는 힘이 빠지는 일이었다.

4개월째 되는 달은 그들에게 너무도 두려운 시간이었다. 과연 상담콜을 받을 수 있을까 하는 중압감, 아무리 쉬운 질문도 말이 나오지 않는 공포감, 교육에서 상담할 수 있는 많은 것을 배웠지만 교육에서 배운 대로 질문하지 않는 고객과 통화해야 하는 두려움, 도움이 필요해 선배에게 질문이라도 하면 그 선배도 너무 바쁜데 도움을 요청했다는 미안함, 전문 상담사로서 인정받지 못하는 서운함, 내가 그만두면 다른 사람 또 뽑으면 된다는 아무것도 아닌 사람이 된 듯한 허탈감들이 쑥쑥 자라나고 있었다. 그들은 교육을 마친 후로 그렇게 자신감을 잃어갔다. 그들에게는 사람들이 서비스를 이용하는 데 도움을 주는 중요한 일을 하고 있다는 역량감과 전문 상담사로서 자존감을 느낄 수 있는, 그리고 고갈된 감정을 충전할 수 있도록 하는 장치가 필요했다. 상담사처럼 개개인이 독립사업자와 같이 일을 하는 구조일수록 서로 돕고 격려하고 위로 받을 수 있는 그들만의 울타리가 필요했다. 일에 집중할 수 있도록 파티션을 높일 것이 아니라 앞 사람, 옆 사람과 소통할 수 있도록 파티션을 어깨높이로 낮추어줄 필요가 있는 것이다. 어쩌면 모든 직장인에게 필요한 것인지도 모른다.

"이렇게 들어만 줘도 스트레스가 풀리는 것 같아요."
"회사가 이렇게 상담사를 생각하는지 몰랐어요."
인터뷰를 하는 동안 그들은 자신들의 이야기를 하면서 다시 힘내어 상담할 수 있을 것 같다고, 충전이 되었다고 했다.

프로젝트 종료 후에 프로젝트 요청 부서에서 또 다른 부탁을 해왔다. 프로젝트를 통해 상담사들의 힘든 점(Pain points)과 니즈(needs)를 전반적으로 잘 이해할 수 있었고 프로젝트 결과물로 제안해준 아이디어들도 좋았다며 전사 임원들과 직책자들을 대상으로 설명회를 해주었으면 좋겠다는 것이다. 관리직부터 바뀌어야겠다고 생각한 것이다. 적극적인 제안에 프로젝트 멤버들도 다소 놀랐다. 우리는 서울과 지방의 콜센터에 방문해 임원들과 직책자들을 대상으로 프로젝트 결과를 프레젠테이션했고, 그 와중에 때로 컨설턴트로서 때로 상담사를 대신해 신랄하게 전달했다. 그들은 바쁜 와중에도 설명회에 참석했을 뿐만 아니라 다음 미팅을 미루고까지 이 설명회에 집중했다. 그들은 스스로 변해가고 있었다. 몇 개월 후, 우리가 제안한 여러 아이디어를 실현하고 있다는 소식이 들려왔고, 1년 후 상담사들의 퇴사율이 감소했다는 이야기를 전달받았다.

소비자조사 프로젝트를 마치고 나면 프로젝트 결과물 외에도 프로젝트에 참여한 멤버들이 개인적으로 얻는 것도 많다. 그 분야에 대한 지식이 쌓이는 것도 있지만 마음으로 배우는 것도 많다. 이 프로젝트도 그랬다. 프로젝트 초반에는 전혀 알 수 없었던 콜센터 상담사들의 고충에 대해 공감하고 나니 프로젝트가 끝난 후 멤버들은 달라진 것이 있다고 말한다. 콜센터에 전화를 걸어 상담을 마친 후에는 꼭 따뜻한 인사를 하게 되었다는 것이다.

"친절하게 상담해주셔서 감사합니다!"

프로젝트를 하는 사람의 마음도 바꾸는 이 일에 참으로 감사하다.

아기 엄마들이 원하는 물티슈는 어떤 것일까

마케팅리서치회사에서 일할 때의 일이다. 나는 아기가 있는 30대 초반의 주부들을 대상으로 하는 소비자 좌담회(Focus Group Interview)에서 모더레이팅을 하고 있었다. 신제품으로 출시될 S사 물티슈의 여러 속성 중에서 주부들이 어떤 속성에 긍정적으로 반응하는지 보고 그런 긍정적 속성을 찾아 신제품 마케팅에 활용할 목적으로 하는 조사였다. 소비자 좌담회는 한 번에 7~8명 정도의 소비자를 모아 그룹으로 인터뷰하는 형식이라 여러 명의 의견을 듣기에 좋았다.

"비타민이나 카모마일 성분이 들어 있다는 말에서는 어떤 느낌이 드나요?"

"별로일 것 같아요."

"왜요?"

"화학성분이 들어갔을 것 같은 생각이 들어요. 방부제도 같이 들어갈 것 같아요."

"그러면 어떨 것 같나요?"

"아기에게 안 좋을 것 같아요."

아기가 있는 주부 그룹은 하나같이 물티슈에 첨가물이 들어가는 것에 대해 부정적인 반응을 보였다. 의외였다. 물티슈 시장이 포화상태였던 당시에는 보습효과가 있는 물티슈, 피부 보호를 위해 오일이 첨가된 물티슈, 향이 좋은 물티슈, 살균기능을 위해 알코올 성분이 첨가된 물티슈 같은 기능성 제품이 많았는데 그런 첨가물에 대해 아기 엄마들의 반응이 썩 좋지 않다는 것을 발견했다. 이 그룹이 아닌 일반인 그룹에서는 민감하게 반응하지 않았던 부분이다.

나는 인터뷰를 하면서 동시에 분석도 하는 래더링 기법

(Laddering technique)을 활용하고 있었다. 보통의 소비자 인터뷰에서는 소비자들의 경험과 행동자료만 수집하고 니즈 분석은 별도의 단계에서 진행한다. 인터뷰를 하고 난 다음에 분석하는 것이다. 하지만 래더링은 인터뷰와 분석을 동시에 할 수 있어 시간도 단축되고 인터뷰가 끝난 다음에 바로 분석 보고서를 작성할 수도 있다. 장점이 많은 기법이지만 인터뷰를 하면서 동시에 분석을 해야 하는 만큼 모더레이터의 스킬이 매우 뛰어나야 한다.

모더레이팅에서 가장 중요한 것은 소비자의 생각을 많이 이끌어 내는 것이다. 그러려면 모더레이터는 아는 척을 하면 안 된다. 소비자에게는 모더레이터가 아는 것이 없어서 많이 알려주고 싶은 마음이 들어야 좋다. 소비자들이 모더레이터를 보고 '저 사람 이쪽 분야에 대해서 정말 모르나봐' 이런 생각을 할수록 더 많은 이야기를 해주려고 하기 때문이다. 하지만 머릿속으로는 소비자가 준 수많은 단서들을 다 꿰고 있어야 한다. 그리고 부족한 부분의 이유를 더 찾아내고 소비자가 가장 크게 느끼는 심리적 가치가 무엇인지, 즉 잠재 니즈가 무엇인지 찾아낼 수 있도록 부드럽게 질문을 이어가야 한다. 한마디로 모더레이터가 열일 해야 하는 기법이다.

소비자 니즈 분석 기법도 트렌드가 있다. 한동안은 소비자조사를 한 대상자들을 비슷한 성향끼리 묶어 정성적으로 세그먼테이션하는 것이 유행이었다. 그 이전에는 'Means-End', 'ZMET' 같은 기법이 유행이었다. 분석이 유독 기법을 타는 이유 중 하나는 분석한 결과를 잘 정리해 누군가를 설득해야 하기 때문이다. 소비자에게 '가장 필요한 것은 이것'이라고 말로 설명해서는, 소비자조사를 줄곧 해와 인사이트가 촘촘히 쌓여 있는 연구원들과 달리 소비자조사를 직접 하지 않아 감이 전혀 없는 클라이언트의 공감을 얻기 어렵다. 클라이언트가 모자란 사람이어서가 아니다. 소비자를 직접 만나 소비자의 언어를 들은 사람과 그렇지 않은 사람은 스스로 가질 수 있는 확신의 크기가 다르다. 소비자조사를 하던 사람에게 소비자를 만나지 말고 인터넷의 자료만으로 무언가 분석하라고 하면 힘든 이유다.

클라이언트도 마찬가지다. 소비자 인터뷰를 할 때 직접 참관하기라도 하면 소비자의 경험을 직접 듣고 소비자의 생각을 직접 들으면서 스스로에게 날것의 인사이트가 쌓여 소비자의 니즈에 대한 이해가 꽤 높다. 그래서 소비자를 만나보지 못한 클라이언트에게 조사한 내용을 정리해서 '사람들은 이렇게 생각하고, 이런 것을 중요하게 여긴다'라는 것을 더욱 설득력 있게 보여주기 위한 방법으로 분석 기법들을 활용한다. 그들이 최선을 선택할 수 있도록 돕기 위해 말이다.

그 기법들은 대부분 가급적 소비자의 생각을 많이 끌어내어 소비자가 느끼는 것을 그들의 언어로 표현하도록 하는 것에 집중한다. 그것은 '좋다', '싫다' 하는 평가가 아니라, '이렇게 느껴져', '저런 느낌이야' 하고 말하는 소비자가 느끼는 것을 표현하는 언어에 집중한다. 왜냐하면 소비자의 니즈는 소비자가 느끼는 것에서 나오는 것이지 평가에서 나오는 것이 아니기 때문이다. 만약 물티슈가 도톰하면 좋을지 아닐지를 물으면 백이면 백 다 좋다고 답할 것이다. 하지만 래더링 기법으로 물으면 다른 답이 나온다. 예를 들면 '도톰한'이라는 속성에 대해 사람들이 어떤 것을 느끼는지 물으면 '아기가 큰일을 보아도 새지 않을 것 같은' 안전감을 느끼는 반면 '싸서 버리기 어려울 것 같은' 불편함을 예감한다는 것을 알았다.

이 프로젝트에서는 물티슈가 가지고 있는 많은 속성 중에서 소비자에게 가장 큰 가치를 느끼게 하는 속성이 무엇인지 찾아내는 것이 중요했다. 물티슈란 어때야 소비자가 가장 가치 있다고 느끼는지 말이다. 그래서 래더링 기법이 아주 유용한 조사였다. 그 래더링을 통해, 물티슈에 몸에 좋다고 여겨지는 다양한 첨가물을 넣을 경우 아기를 키우는 엄마들에게는 오히려 '첨가물이라는 인상 → 방부제도 넣었을 것 같은 느낌 → 아기에게는 쓰면 안 될 것 같은'으로 이어지는 인식을 심어줄 수 있다는 것을 알게 되었다.

이번에는 물티슈 신제품이 가지고 있는 속성 중 다른 속성에 대한 인상을 물었다.

"100°C고온살균정제수'라는 말에서 어떤 느낌이 드나요?"

"100°C고온'이라는 말을 들으니 정말 살균이 되었을 것 같아요."

"살균이 되면 어떤 느낌인가요?"

"균이 없으니 엄청 깨끗할 것 같은 느낌이에요."

"그러면 뭐가 좋은가요?"

"그 물티슈로는 아기 입도 닦을 수 있을 것 같아요."

쾌재를 불렀다. 신제품 마케팅의 핵심 포인트가 될 속성이 '100°C고온'이라는 것을 발견한 것이다. 그리고 그것이 소비자들에게 어떤 심리적 가치를 주는지도.

물티슈라고 하면 보통 아기들이 일을 보고 난 다음 뒤처리할 때 쓰는 것이라고 생각한다. 그런데 그런 뒤처리용 제품이라는 인식을 깨고 살균되어 깨끗한 물티슈는 아기의 입도 닦을 수 있을 것 같다고 하는 인상은 그 속성으로부터 최고의 가치를 느낀다는 말이다. 소비자의 입에서 이 말이 나왔을 때 내 머릿속에서도 래더가 완성되었다. 그 순간 미러룸에서 좌담회를 참관하던 클라이언트도 팔을 번쩍 들었다고 했다.

'100°C고온 → 정말 살균되었을 것 같은 믿음 → 엄청 깨끗할 것 같은 안심 →아기 입도 닦을 수 있을 것 같은'으로 이어지는 이 래더가 최종적으로 신제품 마케팅 문구에 들어가야 한다고 제안했다.

몇 주 후 주말, 마트에 갔다가 한 코너에서 그만 걸음을 멈추었다. S사의 물티슈 신제품이 진열되어 있었는데 제품을 보고 미소가 절로 흘러나왔다. 그 제품에는 100℃고온살균정제수로 만들어 신생아에게 좋다는 내용이 씌어 있었다. 너무나도 뿌듯한 마음에 그 물티슈를 카트에 담았다. 집에 아직 물티슈가 많은데도. 마케팅 조사 프로젝트는 이런 맛이 있다. 프로젝트를 하고 그 결과가 반영되어 시장에 제품으로 떡 하니 나오는 맛!

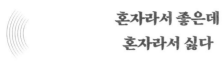

혼자라서 좋은데
혼자라서 싫다

"요즘은 무슨 프로젝트 하세요?"

"응, 1인 가구."

"우아! 저를 인터뷰하세요! 제가 독립한 지 3년 됐잖아요!"

그랬다! 오랜만에 만난 지인인 그녀는 직장이 너무 멀어 결국 혼자 떨어져 나와 회사 근처에서 살고 있었다. 그녀는 신이 나서 자신의 이야기를 들려준다.

그녀는 회사 때문에 어쩔 수 없이 집을 나와 살게 되었지만 싫지 않았다고 말한다. 오히려 혼자만의 집이 생긴다는 것이 무척 기대가 되었단다. 그 전에는 '엄마 집'에 자기 방이 한 칸 있었던 그녀에게 이제 자기만의 집이 생기고 어엿한 집주인이 된다는 것이 정말 좋았다고 말하는데, 얼마나 좋은지 눈이 다 초롱초롱하다.

그녀는 혼자 살게 되면 친구들도 자주 초대해서 놀 수 있을 것 같고 남친이 생겨도 자유로울 수 있을 거라는 망측한 기대도 하며 한동안 꿈에 부풀었단다. 실제로 집이 생긴 후 한 달 동안은 매일 친구들을 불러서 같이 음식을 해먹고 늦게까지 놀면서 자유로운 생활을 했단다.

또 혼자서도 밤늦게까지 TV를 보고 새벽 4시에 자고 오전 11시에 일어나서 밥 먹고 점심은 5시에 먹는 방탕한 삶을 살았다고 했다. 제일 좋았던 것은 TV 보면서 먹었던 과자나 음식을 다음 날이 되도록 치우지 않고 그대로 놔두는 것! 그런 것들은 엄마 집에서는 절대로 할 수 없는 짓들이란다.

자기 집으로 처음 들어갈 때 혼자서 이사를 하는 것조차 자신이 완연한 성인이 되었다는 것으로 느껴져 좋았다고 했다. 언젠가 자신의 집에 가족들이 온 적이 있는데, 그때는 정말 가족들로부터 공식적으로 인정받은 1인 가구라는 느낌에 감격스럽기까지 했단다. 이 모든 것이 전세자금 대출을 받을 수 있는 자격을 준 직장 덕이라며 회사에도 참으로 감사했다고 말한다.

그녀는 집이 작은 것 말고는 혼자 살면서 불편한 것이 없다고 했다. 요리하는 것을 좋아하는데, 1인 가구의 타운이라고 할 만큼 혼자 사는 사람들에게 최적화되었다는 그 동네에서는 대형 할인마트에서도 채소나 식재료를 1인분만 포장해서 팔기 때문에 음식 해 먹기가 정말 좋다고 했다. 다른 소비자들은 처음 혼자 살게 될 때 용량에 감이 없어 온라인몰에서 냉동 채소 1킬로그램짜리를 주문해서 6개월간 볶음밥을 해먹어야 했다고 하는데 그녀는 달랐다.

집이 좁은 것도 크게 불편하지 않은 것이, 가전제품은 가장 작은 것으로 사고, 청소기는 세로로 된 것을 사고, 가구 살 때는 기둥이 얇게 빠져 공간을 넓어 보이게 하는 것으로 사고, 책상은 접었다 펼 수 있는 것으로 사서 괜찮았다고 한다. 다른 소비자들은 집이 좁아 세탁소에 맡긴 옷을 찾아오지도 않던데, 그녀는 아니었다. 그녀의 말을 듣고 있으니 혼자 살아보고 싶은 마음에 침이 꼴깍 삼켜진다.

하지만 혼자라서 자유로운 그 이면에서는 가끔씩 극도로 외로워지고 사람이 그립다고 고백한다. 혼자 살고 싶어서 나왔는데 사람이 그립다니 의외다.

"혼자 살고 싶어서 나왔는데 왜 사람이 그리워?"

그녀는 사람과 가족은 다르단다. 가족은 자신이 컨트롤할 수 없어서 오히려 자신의 자유를 침해하는 사람으로 느껴지는데, 자신이 그리운 건 컨트롤 가능한 범위 내에서의 관계라는 것이다. 아무리 혼자가 좋아도 누구에게나 반드시 채워져야 하는 사람들과의 인터랙션 총량의 법칙이 있는지 자기는 종종 마트에 가서 사람 구경을 하거나 카페에서 사람소리를 들으면서 그 총량을 채운다고 했다. 내가 카페에 있을 때 나의 큰 소리가 다른 사람에게 그리울 수도 있다고 생각하니 어깨에 힘이 빡 들어간다. 특히 퇴근해서 집에 들어갈 때는 집에 누가 있는 것이 아니므로 항상 불이 꺼져 있어 외로운 기분이 들어서 집에 있을 때는 TV나 음악을 꼭 틀어놓는단다.

그녀만이 아니라 다른 소비자들도 그랬다. 집에 조용히 혼자 있는 것이 어느 순간 어색하고 외롭게 느껴질 때가 있어서 TV를 켜놓거나, 동네 카페에 간다고 했다. 카페에 가서 사람 소리를 들으면 나아진다고 했다. 집에 들어올 때 불이 꺼져 있는 것이 싫어 수조의 조명을 켜두고 나가거나 집에 들어오기 전에 핸드폰으로 집의 조명을 켠 후 들어오거나 했다.

여자들은 더 힘들어했다. 외롭기만 한 것이 아니라 무섭기까지 한 것이다. 집에서도 남자친구의 신발을 여러 개 갖다 두거나, 음식을 시켜 먹을 때도 결제는 배달 앱으로 하고 배달하는 사람의 모습이 사라진 후에야 음식을 가지고 들어오는 등 가급적 혼자 사는 것이 노출되지 않도록 하고 있었다. 다이소나 샤오미에서 CCTV를 사다 붙여놓은 사람들도 있었고 사람이 지나가면 LED가 켜지도록 장치를 해두는 사람도 있었다. 그들은 혼자라서 좋은데, 외롭고 무서운 것은 혼자라서 싫다고 했다.

혼자 사는 사람들은, 또 스스로 잘 살아야 한다는 책임

감도 많았다. 잘 살아내기 위한 자신만의 룰도 가지고 있었다. 스스로 자신의 공간을 컨트롤하지 못하면 싱글라이프 유지가 어려울 것이라고 생각해서 '일요일 아침은 청소의 날'로 정해두고 청소도 열심이었고, 혼자 나와 사니 부모님이 걱정을 많이 해서 주기적으로 운동도 하고 식사도 건강식으로 챙겨 먹었다. 틈틈이 봉사도 하면서 자신의 생활을 관리하고 있었다. 가족들을 만날 때에도 자신의 삶을 잘 컨트롤하고 있다는 걸 보여주려고 다림질이 잘 된 옷으로 챙겨서 입고 세차도 하고 갔다.

　무엇보다 그들은, 시간을 의미 있게 쓰려는 노력을 많이 했다. 가족과 함께 있을 때보다 더 많아진 시간을 허투루 보내지 않고, 발레를 배우거나, 바이올린을 배우거나, 운동을 하거나, 외국어를 배우거나, 백패킹을 하거나, 동호회활동을 하면서 자기계발에 시간을 투자하고 있었다. 그들은 이직을 위해 스펙을 쌓기도 했고, 재테크를 고민하기도 했다. 막연하지만 노후 준비를 해야 한다는 생각도 했다. 싱글라이프가 장기화되면서 미혼에서 비혼으로 가며 더욱더 그랬다. 몇몇 인터뷰 대상자들은 아예 취미를 전문화해 좋아하는 일을 하고 살 준비를 하기도 했다. 혼자 살기로 마음먹은 그들은 인생의 어느 때보다도, 그 누구보다도 열심히 살고 있었다. 그들은 그렇게 스스로의 홀로서기에 책임질 수 있다는 느낌을 좋아하며 그것을 실천하고 있었다.

그녀는 회사를 그만두고 미국으로 떠났다. 그토록 하고 싶던 공부를 하기 위해서였다. 일할 때는 느끼지 못했던 지적인 자극을 받는 삶이 좋다고 했다. 가끔 인스타그램에서 소식을 들을 수 있었지만 프로젝트가 끝나고 인터뷰가 많이 도움 되었다는 인사를 전할 겸 오랜만에 그녀에게 전화를 걸었다.

반갑게 전화를 받은 그녀는, 공부는 할 만한데 가끔 외롭다고 했다. 엄마의 잔소리가 그리워 전화를 하면 이제는 방 잘 치우고 살라는 잔소리 같은 건 해주시지도 않는단다. 그게 더 헛헛하다고 했다.

"한번은 너무 외로워 카페에 가서 점원한테 말을 걸었어요. 무슨무슨 차 있느냐고, 그 차에 우유 넣어줄 수 있느냐고, 혹시 코코넛 우유도 있느냐고, 다른 사람도 이렇게 먹느냐고……, 길게 말 걸고 나니까 살 것 같더라고요."

하하하! 그녀가 말한 인터랙션 총량의 법칙은 미국에서
도 예외는 아니었나 보다. 그녀다웠다.

104

"동료에게 상사 흉보면 큰일 나요"

"우리 비행기는 곧 뉴욕 공항에 도착할 예정입니다."

그 후로도 30분을 뉴욕 하늘에 떠 있었다. 착륙하려는 비행기가 많아 순서를 기다리느라 하늘을 몇 바퀴나 돌았는지 모르겠다. 14시간을 날아오는 동안 멀쩡했던 동료가 하늘을 뱅뱅 도는 동안 멀미까지 한다. 난국이었다. 가까스로 착륙했고, 우리는 모두 뉴욕 땅을 밟게 된 것에 감사했다. 하지만 공항을 나오자마자 그 감사는 꼬리를 감추었다. 숨을 들이키면 그대로 얼음 바람이 몸속으로 들어와 몸을 얼음으로 만들어버릴 것만 같다. 마음이 참 간사하다. 어찌 되었든 서둘러야 한다. 현지에 도착한 당일에는 소비자조사를 준비만 하지 조사 진행을 하지 않는 편인데 이번 프로젝트는 워낙 짧은 기간 동안 이뤄지기 때문에 모든 것이 열외다. 호텔에 가서 짐만 맡겨놓고 바로 나와서 인터뷰 장소로 가야 한다.

1월 말에 만난 뉴욕은 아무리 옷깃을 여미어도 소용이 없다. 옷 속 어느 살갗도 온기가 느껴지지 않고 몸속에서는 마치 파랗고 차가운 피가 돌아다니고 있을 것만 같았다. 추위가 작년과 같지 않고 이만해서 다행이라는 현지인들의 말에는 전혀 동의할 수가 없었다. 네모반듯한 고층 빌딩들 사이를 걸을 때면 매섭게 달려드는 그놈의 찬바람 때문에 입에서 험한 말이 튀어나왔다. 다행히 한 소비자 인터뷰는 점심 시간에 짬을 낼 수 있다는 직장인이 있어서 해가 떠 있는 시간에 만나기로 했다. 그를 만나러 가는 길이었다. 아무도 말이 없고 바람만 신이 났다.

"네 명이요."

카페 직원이 묻기도 전에 일행이 4명이라고 말하며 문에서 먼 쪽을 바라다보았다. 절대로 입구 쪽에는 앉지 않겠으니 저 멀리 바람 안 드는 쪽으로 당장 자리를 잡아 달라는 듯이. 직원은 우리에게 호흡을 맞추어 서둘러 안쪽 테이블로 안내했다.

곧 다시 문이 열리고 문에 달린 작은 종이 딸랑거렸다. 우리는 일제히 문 쪽을 바라보았고 우리 일행 중 한 명이 방금 들어온 사람을 보고 손을 흔들었다. 인터뷰 대상자였다. 소비자 인터뷰는 친구나 가족 등 지인 관계에 있거나 같은 업종에 종사하는 사람을 리크루팅하지 않는 것이 소비자조사 업계에서의 불문율인데, 이번 조사는 너무 촉박하게 진행되다 보니 절차를 거쳐 객관적인 소비자를 리크루팅하기가 어려웠다. 그래서 아는 사람들 총 동원해, 낮에는 A 동료가 아는 현지인, 저녁에는 B 동료의 친구, 다음 날에는 C 동료의 친구의 지인 이렇게 만나보기로 했다. 그나마 구해져서 감지덕지했다.

그는 우리만큼 춥지는 않은지 악수를 나눈 후에 윗도리를 벗어 의자 뒤에 걸었다. 아직도 추워서 이가 갈리는 나는 그를 보고 '분명 털이 많을 거야'라고 생각하며 내심 부러웠다.

내가 메뉴를 주문하는 사이, 인터뷰 대상자와 지인 관계인 우리 일행이 인터뷰의 목적과 주의할 점을 설명했다. 이번 소비자조사는 북미 지역을 대상으로 한 새로운 모바일 메신저 서비스를 만들 때 어떤 기능이 핵심적으로 필요할지 파악하는 것이 목적인데, 그중에서도 페이스북이 아이비리그에서 출발한 것처럼, 이 메신저는 월스트리트에서 출발해 직장인들 사이에서 널리 쓰이는 서비스가 되길 기대하고 있다는 점에서 뉴욕의 직장인들을 인터뷰하는 것이라고 했다. 여기까지만 듣고도 그 월스트리트의 직장인은 바로 반박했다.

"사무실에서 휴대폰을 쓰는 것은, '나는 회사 일이 아닌 개인적인 일에 신경을 쓰고 있다'고 널리 알리는 것과 같은 일이에요!"

모바일 메신저라는 것이 생겨도 사무실에서 업무 시간에 쓰는 것은 말이 안 된다고 했다. 휴대폰은 매우 사적인 기기라는 인식이 있어서란다. 미국에서는 4년간 같은 대학에 다닌 친구가 고향으로 돌아갈 때 전화번호를 물으면 "이메일하면 되지"라며 전화번호 교환을 꺼린단다. 그 정도로 가까운 사람에게도 휴대폰 번호를 공유하지 않는다는 것은 휴대폰이 그만큼 사적인 기기라는 것을 말한단다. 그러니 전화번호도 모를 것이 뻔한데 회사에서 휴대폰을 사용한다는 것은 회사 사람이 아닌 사람과 대화하거나 회사 일이 아닌 일로 대화하는 것임에 틀림없다는 것이다.

오! 흥미로운 이야기에 인터뷰가 더 기대된다. 인터뷰가 잘 될지 걱정했는데 통찰력 있는 인터뷰가 예상된다.

동료들과는 어떻게 커뮤니케이션하느냐고 물으니 주로 이메일로 대화를 한다고 했다. 회신에 회신을 거듭하며 이메일 릴레이를 한다고 했다. 하지만 하루 동안 받는 이메일 수가 1000통이 넘기 때문에 꼭 전달이 되어야 하는 이야기는 사내전화를 하거나 직접 가서 말한다고 했다.

이야기가 어느 정도 진행되었을 즈음에 직장 안팎에서 동료들과 회사에서 힘든 이야기도 하느냐고 물으니 깜짝 놀라며, "회사에서 속상했던 일은 동료들에게 말할 수 없어요. 특히 상사에게 서운했다고 말하는 것은 상사 흉을 보는 것과 마찬가지잖아요. 그랬다가 그 동료가 다음 날 혹은 그날 밤에 그 상사에게 내가 흉을 보더라는 이야기를 전하기라도 하면 내일 아침 출근했을 때 제 PC에 핑크 포스트잇이 붙어 있게 될 거예요"라고 말한다. 핑크 포스트잇은, 핑크슬립에서 유래한 것으로 해고통지를 의미한단다. 미국은 한국과 달리, 당장 다음 날에도 해고될 수 있다는 것이 직장 내 커뮤니케이션 문화에 영향을 많이 주고 있었다. 윗사람 욕 안 하고 어떻게 회사 생활을 버틸까? 동료들과 허심탄회하게 소주를 마시면서 상사 흉을 보고 내일의 에너지를 충전하는 한국과는 거리가 있었다.

인터뷰 대상자가 시간을 많이 낼 수 없어 미안하다는 말을 뒤로하고 나간 후, 우리 일행은 계속 그 자리에 앉아 방금 한 인터뷰를 디브리핑하기 시작했다. 직장인들을 위한 모바일 메신저를 만들면 안 될 것 같은 이야기만 잔뜩 들은 인터뷰였지만 얻은 것이 있었다. 직장인들의 커뮤니케이션 문화가 한국과 다르다는 것을 조금 이해할 수 있었다는 점에서.

저녁에 만난 젊은 직장인도 마찬가지였다. 직장 동료와 하는 대화는 조심스럽다고 했다. 하지만 자신은 경력을 업그레이드하는 방법으로 월스트리트에서만 약 3년에 한 번꼴로 직장을 옮기고 있는데 이직 후 초반에 새 직장에 적응하는 데 필요한 것이 동료와의 관계라고 했다. 여기서 동료와의 좋은 관계라는 것은 함께 밥을 먹거나 술을 마시면서 개인적으로 친해지는 것이 아니라는 이야기와 함께. 직장 초년생이었을 때 동료와 저녁에 술을 한잔 하면서 회사에서 힘들어 속상했다는 말을 했는데, 집에 가서 그 말이 계속 떠오르고 그 동료가 회사에 가서 상사에게 말할까 두려워 정말이지 그 말을 주워 담고 싶었던 적이 있었다고 했다. 입으로 내뱉은 말을 주워 담을 수 있는 메신저라……, 이거 괜찮은데(여기서 단서를 얻어 나중에 서비스를 만들어 론칭했다).

뉴욕에서의 인터뷰는 재미난 소비자 이야기들이 많았다. 직장 커뮤니케이션에서 중요한 것은 남들이 다 쓰는 것을 써야 하는 것과 다른 사람들에게 방해되지 않아야 하므로 다른 어떤 것보다 이메일이 많이 쓰인다는 것, 그래서 웬만한 대화는 이메일로 하는데 누구든 수신메일이 너무 많기 때문에 자신이 보내는 이메일을 상대방이 읽지 않을 가능성이 높아 '내 이메일을 꼭 읽게 하는 제목 쓰기'와 같은 노하우가 있다는 것, 사무실에서 긴박한 상황일 때는 전화를 하고 기록이 남으면 안 되는 이야기는 직접 가서 말로 한다는 것, 내 이메일을 2시간 내로 읽지 않으면 인트라넷으로 챗을 보낸다는 것…….

　며칠 동안의 뉴욕 소비자 인터뷰를 마치고 다시 뉴욕 공항이다. 보스턴의 직장인들을 만나러 가는 길이다. 나는 카페에 들어가 와이파이를 켜고 상사에게 뉴욕에서의 업무 진행상황을 간단히 보고하기 위해 이메일을 한 통 쓸 예정이다. 어디 한적한 카페 없나……, 그러던 중 낮은 노랫소리가 들려온다. 가까이 가보니 한 여인이 카페에서 기타를 팅기며 노래를 부른다. 그 공기 반 소리 반의 살짝 허스키한 목소리는 너무 크지도 작지도 않아 사람들의 대화에 방해가 되지도 않고 오히려 그 대화를 존중한다는 듯 다정하다. 나도 한 자리 잡아 앉았다. 노트북을 열었다. 워드 프로그램에서 새 문서를 작성하기 시작한다. 텍스트를 입력하는 속도가 빨라지면서 점점 노랫소리가 멀어진다.

　누군가 내 어깨를 두드린다. 동료가 나를 찾아왔다. 이제 비행기 타러 가잔다. 이메일이 전송된 것을 확인하고 노트북을 덮었다. 보스턴의 직장인들은 어떨까 하는 생각이 드는 것이 아니라 보스턴의 날씨는 어떨까 하는 생각이 앞선다. 뉴스에서 본 것으로는 뉴욕보다 춥다고 했다. 머리가 커서 웬만한 모자는 들어가지 않는 내 머리에 난생처음 비니를 쓰고 다니게 생겼다.

보스턴 가는 비행기의 문이 열리고 승객들이 내린다. 승객들이 다 내리고 나서 타면 된단다.

"이 에어버스, 완전 버스잖아?"

카일의 영상통화

"이게 무슨 소리인가요?"

카일과 인터뷰를 하는 도중 어디선가 자꾸 알 수 없는 소리가 났다. 집 안에서 나는 소리가 아니었다. 물소리가 나는 것 같기도 했고 사람 소리도 들리는 것 같기도 했다. 오싹해 물었더니 카일이 답한다.

"아! 제가 스카이프를 켜놨어요."

카일이 친구와 대화하기 위해 켜놓은 스카이프 너머에서 들리는 소리였다. 인터뷰를 시작한 지 꽤 되었는데 언제 켠 것인지 물으니 전날 켰다고 한다. '하루가 넘도록 스카이프를 한다고?' 이해가 되지 않아 거듭 물으니 재미난 이야기를 들려준다.

카일이 고등학교에 진학할 때 친했던 친구들과 서로 다른 학교로 진학하면서 헤어지게 되어 자주 만날 수 없게 되자 주로 스카이프로 연락하고 지낸다고 했다. 흥미로운 것은 스카이프를 이용하는 양상이었다. 이야기를 주고받기도 하고, 재미있는 링크를 보내기도 하고, 함께 음악을 듣기도 하지만, 뭘 딱히 하지 않아도 그냥 스카이프를 켜놓고 각자 숙제를 하거나 지금처럼 서로 다른 일을 하기도 한다고 했다. 그들은 각자 자기 할 일을 하는 동안에도 애써 스카이프를 끄지 않는다고 했다.

외출했다가 집에 들어오면서 컴퓨터를 향해 "너 집에 있어?" 하고 인사말을 건네기도 하고, 딱히 화면 앞에 앉지 않고서도 일상생활을 하는 도중에 "나 오늘 인터뷰 있어. 이따가 사람들이 몰려올 거야"라고 말하기도 하고, "엄마가 밥 먹으러 오래. 갔다올게" 하고 말하면서 생활하듯이 영상통화를 하고 있다고 했다. 아니, 통화를 한다는 말보다는 영상을 통해 생활을 공유하고 있다는 말이 더 맞겠다. 구글에서 '영상통화'를 검색했을 때 나오는 이미지는 온통 화면 앞에 사람들이 앉아 카메라를 보며 말하는 사진들인데 그런 풍경이 아니었다. 카일의 영상통화는 화면 앞에 앉아 서로 얼굴을 보며 통화하는 모습과는 거리가 멀었다. 카일은 왜 얼굴을 보며 대화를 나누는 것이 아닌 틀어놓는 영상통화를 하는 것일까? 그는 떨어져 있는 친구들과 함께 지낸다는 느낌을 갖고 싶은 것이었다.

다른 인터뷰에서 만난 코비도 그랬다. 부엌에 PC를 설치해두고 떨어져 사는 부모님과 페이스타임을 하고 있었다. 코비의 영상통화도 화면을 바라보며 상대방과 얼굴을 마주하고 이야기하는 것이 아니었다. 별다른 대화 없이 그냥 틀어놓는다고 했다. 그러다 보면 아이들이 주방에서 요리할 때 그 모습을 멀리 사는 부모님이 보실 수도 있고, 평소 아이들이 뛰어다니거나 가끔씩 춤을 추고 노는 모습이 보이면 웃으며 좋아하시기도 한다고 했다. 아무 대화 없이 각자 일을 하기도 하는데 화면 속에서는 생활하는 소리가 들려 마치 옆에서 함께 살고 있는 것처럼 느껴진다고 했다. 영상통화는 떨어져 있는 가족이나 지인끼리 함께 만나고 있는 느낌, 여전히 함께 지내는 기분을 느끼기 위한 것으로 발전하고 있었다.

미국 시장에 진출하기 위해 일상생활 속에서 단서를 찾아 신규사업의 기회 영역을 찾는 프로젝트 때의 일이다. 소비자조사를 마친 후에 정리해보니, 미국은 유독 집에서 멀리 떨어진 곳으로 대학을 가거나 취업을 해 가족이나 친구와 떨어져 지내는 경우가 적지 않았다. 인터뷰 대상자들도 집은 서부인데 동부로 대학을 가는 경우, 집은 텍사스주 오스틴인데 샌프란시스코에 있는 직장에 취업하게 되어 가족과 떨어져 사는 경우, 가족은 보스턴에 사는데 자신은 일 때문에 시애틀에 떨어져 혼자 사는 경우 등 떨어져 사는 가족이 있는 경우가 많았다. 직장만이 아니라 새로운 경험을 찾아 다른 도시로 이사를 하는 경우도 흔했다. 이럴 때 자칫 떨어져 사는 가족이나 친구와 소원해질 수도 있는데 이러한 관계의 빈 공간을 채워주는 것이 스카이프나 페이스타임이었다.

영상통화가 떨어져 사는 사람들 사이에서 대화의 툴이 아닌 생활 공유의 툴로 발전한 데는 이유가 있어 보였다. 소소한 일상을 공유하기에는 미국인들이 그토록 애정하는 이메일이나 페이스북, 인스타그램은 함께 있는 느낌이나 실재감을 전달하는 데에 한계가 있는 것이다. 다른 사람들에게 보여줄 거리가 있거나 소식 전할 일이 있을 때처럼 연락할 일이 있는 경우에 주로 쓰는 페이스북이나 이메일은 소소하게 흘러가는 일상을 전하기에는 적합하지는 않았다. "엄마가 밥 먹으러 오래"와 같은 소소한 이야기를 페이스북이나 이메일로 하지 않는 것을 생각하면 쉽게 이해가 된다. 집에 도착한 것, 옷을 갈아입은 것, 샤워를 하고 나온 것, 할 일이 많은데 하기 싫은 것 등등 아주 소소한 일상이 끊임없이 공유될 때 서로 함께하고 있다는 느낌을 가질 수 있다는 걸 생각하면 이벤트나 메시지가 있을 때 쓰는 페이스북과 이메일은 '같이 지내고 있다'는 느낌을 갖기 어렵다.

또 인터뷰에서 만난 사람들은 페이스북이나 인스타그램에 소소한 일상을 포스팅하는 것 같지만 사실 신경을 써서 특별한 일상을 올린다고 했다. 편집된 일상을 올린다는 것이다. 다이애나는 페이스북이나 인스타그램 같은 소셜 그래프에 포스팅된 글은 자신이 올린 글이라는 속성은 사라지고 다른 사람에게 보여주기 위해 올려 '좋아요'와 댓글이 달린, 내 것이 아닌 다른 사람들의 것이 되어버리기 때문에 더 신중을 기한다고 했다. 페이스북은 한번 포스팅하고 나면 그것은 자신의 것이 아니라고 여기는 것이다. SNS를 하는 이유 중에 '좋아요' 등 사회적 지지감을 얻고자 하는 이유가 크기 때문에 포스팅하는 콘텐츠가 지지를 얻을 수 있도록 편집하는 일에 신경을 쓸 수밖에 없는 것이다.

가만 보면 미국의 소비자들은 다양한 커뮤니케이션 툴을 이용하는 데에 있어서 말로 하지 않는 어떤 룰 같은 것이 있었다. 이를테면 10대의 학생들이 친구들과는 스냅챗이나 페이스북 메신저를 해도 선생님들에게는 이메일을 쓴다. 친구들끼리는 형식적인 커뮤니케이션을 벗어나 그때그때 재미있는 상황이나 생각, 느낌 같은 것을 실시간으로 나누기에 적절한 툴을 쓰지만 어른들에게는 10대처럼 보이고 싶지 않은 것이다. 또 세대마다 편하게 여기는 툴이 있어 그것에 맞추어주기도 한다. 인터뷰에서 만난 메건은 떨어져 사는 20대 딸이 있는데 딸이 엄마에게 자신의 사진을 보내주거나 사는 이야기를 전할 때는 엄마가 주로 쓰는 이메일로 보내준다고 했다.

한국에서도 10대들은 친구들과는 페메(페이스북 메신저)나 다렉(인스타그램 다이렉트메시지)를 쓰지만 부모와는 카카오톡을 쓰는 것과 마찬가지다. 그들에게 영상통화는 카일과 코비와 같이 가족이나 가족처럼 가까운 사람들과 떨어져 있어도 함께 있는 것처럼 느낄 수 있도록 하는 서비스였던 것이다. 그들에겐 영상통화 서비스가 사람의 소리, 문 여닫는 소리, 가방 내려두는 소리, 주방에서 요리하는 소리, 음악소리와 같은 생활의 소리들이 더욱 리얼하게 들려 실재감을 느낄 수 있다면 함께하는 느낌이 더욱 배가 될 것이다.

"다녀왔습니다!"

인터뷰 디브리핑을 마치고 호텔방으로 들어오면서 스카이프를 켜둔 태블릿 PC를 향해 큰 소리로 인사한다.

"엄마 왔어?"

지구 반대편에서 아이가 인사한다.

출장이 길어지면서 초등학교에 갓 입학한 아이를 옆에서 돌봐주지 못해 미안한 마음이었는데, 스카이프를 종일 켜두고 있다가 서로 귀가한 후에 대화를 나누니 그런대로 위안

이 된다. 새벽에 조금 일찍 일어나면 아이가 숙제하는 동안 옆에 있어 주거나 잠자기 전까지 수다를 떨어줄 수가 있다. 안아줄 수 없다는 것을 제외하고는 다 가능하다. 떨어져 있지만 함께하는 느낌, 옆에 없지만 옆에 있는 느낌, 영상통화가 아니었으면 언감생심 꿈도 꾸지 못했을 것 같다. 이 느낌을 선물해준 서비스에 참으로 감사하다.

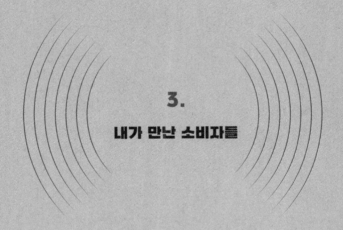

3.
내가 만난 소비자들

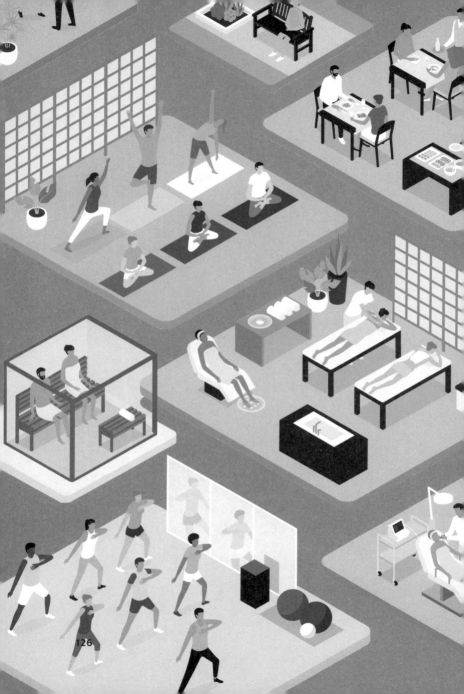

126

5060 소비자들

    카페의 문이 열리고, 그녀가 들어왔다.

    소비자조사를 하던 중에 혼자 사는 50대를 만나볼 필요가 있어서 인터뷰를 요청했다. 나는 하마터면 그녀를 못 알아볼 뻔했다. 그녀가 나를 알아보고 내가 앉아 있는 자리로 왔다. 올해 50을 맞은 그녀는 절대로 자신의 나이대로 보이지 않았다. 헤어스타일이며, 패션이며, 몸매며, 무엇보다 피부까지, 방부제라도 먹은 듯이 30대에서 멈추어 있었다. 그녀에게서는 젊음의 향기가 풍겼다.

    인터뷰 중에, 이렇게 나이를 먹지 않는 비결이 뭐냐고

물으니 그 비법을 속삭이듯 이야기해준다. 들어보니 그녀는 자신을 위해 많은 투자를 하고 있었다. PT도 받고 GX도 하며 하루도 빠짐없이 운동을 하고 있었고, 피부과도 다니고 마사지도 받으며 몸과 마음을 관리하고 있었다. 그렇게 열심히 운동을 하다가 제대로 해보고 싶어서 목표를 세워 노력한 끝에 생활스포츠지도사 보디빌딩 국가자격증도 땄다고 했다. 할 수만 있다면 더 많은 자격증을 따고 싶다고 했다. 열정적인 그녀는 자신을 50이라고 생각하지 않았다. 나이가 아쉬울 때는 30대 때보다 다섯 배를 운동해야 그 근육을 유지할 수 있다는 것뿐이라고 했다. 그녀의 마음은 몸보다 더 젊었다. 그녀는 흔히 말하는 중년이 아니었다.

옛날과 다른 중년을 맞이하는 50~60대는 그녀만이 아니었다. 다른 조사 대상자들도 그랬다. 인터뷰와 좌담회 조사로 20명이 넘는 50~60대의 소비자를 만났는데, 그들은 예상치 않게도 하나같이 자신의 나이에 만족했다. 아니, 그들은 옛날로 다시 돌아가고 싶지 않아 했다. 지금이 제일 행복하다고 했다. 의외였다. 이야기를 들어보니, 자녀들이 졸업하고 돈 들어갈 곳이 줄어들었으므로 경제적으로도 여유가 생겼고 이제 돌봐야 할 사람도 없으니 시간적으로도 여유가 생겨 좋다는 것이다. 늘 가족을 위해 희생하며 살던 그들은 자신의 인생에서 드디어 주인공이 된 것이다.

그들은 적극적으로 50을 맞았다.

물론 젊은 사람들이 가는 곳은 일부러 피하며 주변에 민폐 될까 하여 소극적인 50대도 있었지만, 대부분은 30대와 같은 행동 패턴을 보이며 젊은 마인드로 사는 액티브한 50대였다. 돈도 있고 차도 있고 시간도 있어 인생에서 가장 여유 있는 시기를 맞이한 그들은 사는 동네를 벗어나 맛집을 찾아다녔고, 와인 동호회나 다이어트 모임에 가입해 다양한 연령대의 사람들과 소통하고 있었고, 자기계발에도 적극적이었다.

"뭔가 새롭게 시작해보고 싶어서 중국어를 공부하고 있어요."

"시간이 너무 아까워요. 잠자는 것도 아까워요."

뭐가 그렇게도 하고 싶은지, 그들의 열정은 20~30대와 다르지 않았다. 한 소비자는 아무리 아줌마라고 해도 하나씩은 해보고 싶은 게 있다며 사진작가가 되고 싶다며 열심히 동호회 활동을 하며 출사를 나가고 있다고 했다. 어렸을 때부터 그림 그리기를 좋아했던 또 한 소비자는 자녀들을 다 키운 후 그림을 배우다가 꽤 잘 그리게 되어 최근에는 전시회를 열었다고 했다. 그들은 인생의 또 다른 전성기를 맞이하고 있었다. 제2의 전성기를 맞은 그들을 비즈니스 시장도 주목하고 있었다.

"놀랍게도 핵심 고객의 연령층이 점점 오른쪽으로 이동하고 있어요!"

프로젝트에 조언을 구하려고 만난 한 온라인쇼핑몰의 팀장이, 요즘 시장에서 50~60대가 주요 소비층으로 바뀌어가고 있다고 말한다. '설마, 그 정도겠어?' 하며 인터넷을 찾아보니, "소비 중심에 선 5060", "5060 젊은 소비 트렌드"라는 제목의 기사가 적지 않게 보인다. 기사에서 보여주는 그들의 소비량이나 소비 금액이 그것을 증명하고 있었다. 그들을 '신중년', '오팔세대'라며 마케팅의 대상으로서 집중하는 포스팅도 무척 많다. 그간 소비시장에서 한 번도 주목받지 못했던 세대가 왜 이렇게 뜰까?

소비자조사를 통해 알게 된 것은, 그들은 소비에 있어서도 독립을 선언했다는 것이다. 그동안은 자녀와 가족을 위한 소비를 주로 하면서 소비 대행자로서의 역할이 많았다면, 이제는 자기 자신을 위한 소비를 하게 된 것이다.

"애들도 다 컸고, 이젠 나를 위해서 좀 써야죠."

그랬다. 그들은 더 이상 가족을 위한 희생소비를 할 필요가 없었고, 자신에게 집중하고 있었다. 젊었을 때는 그러지 않던 소비자도 최근에는 남들이 자신을 어떻게 평가하는지에 관심이 많아졌다며 양복이나 시계, 안경 같은 것을 살 때 신경을 많이 쓴다고 했다. 인생의 주인공이 된 자신을 위해 그들이 구매하는 것도 매우 다양했다. 패션, 뷰티, 건강, 여행, 모임, 디지털 기기 등 다양한 영역에서 20대 때보다 더 많은 것에 더 많은 돈을 쓰고 있었다. 심지어 그들은 20~30대 때는 꼭 필요한 것만 샀는데 50대가 되니까 필요하지 않아도 구매하게 된다고 했다.

그렇다고 그들이 소비하는 것에 구멍이 있는 것은 아니

었다. 그들은 백화점에서 옷을 구경하다가 맘에 들어도 그 자리에서 바로 사는 일이 없었다. 옷이 마음에 들면 품번을 외워서 매장 밖에서 스마트폰으로 검색을 해보고 가장 싼 곳을 알아내어 거기서 구매했다. 20~30대에게서 보이는 행동을 하고 있는 것이다. 그들은 같은 옷을 더 싸게 사는 경험을 하고 나면 그냥은 못 산다고 했다. 꼭 온라인으로 가격비교를 해본 후에 산다고 했다. 한 소비자는 딸에게 줄 노트북을 시중보다 한참 싸게 구매했더니 그 후로 가족들이 자기를 '최고의 제품을 최저가로 살 수 있는 사람'으로 여기고 있다며 자랑했다.

그들의 현명한 소비 뒤에는 쇼핑 품앗이도 많았다. 한 사람이 사 보고 좋으면 그것을 써 본 리얼한 후기와 함께 주변에 공유하는 것이다. 그러면 나머지 사람들은 그 후기를 듣고 살지 말지 결정을 한다. 구매하는 곳도 직접 찾아볼 필요 없이 먼저 산 사람에게 링크를 받아 클릭하면 바로 구매하기로 넘어간다. 그들은 그렇게 서로 자기가 샀던 물건을 공유하면서 청소기, 건강식품, 소파, 매트리스, 프린터기, 보험까지 한번 사려면 고민을 많이 하게 되는 것들을 안심하고 구매하고 있었다.

그들은 모바일로 스마트한 어른이 되었다. 사실 이 세대는 PC와 모바일을 함께 사용하는 다른 세대들 대비 모바일만을 사용하는 비율이 가장 높은 세대다. PC로 쇼핑하는 것을 건너뛰고 모바일로 바로 쇼핑하게 되었다는 의미다. 그만큼 일상에서 스마트폰을 사용하는 비중이 높다. 한 소비자는 "PC 잘 안 해요. 늘 돌아다니니까 스마트폰으로 다 해요. 쇼핑도 주로 모바일로만 해요"라고 한다. 그들은 모바일과 함께 어디든 가고, 무엇이든 사고, 원하는 것을 배우며 적극적인 50을 살고 있었다.

그들은 더 이상 중년이 아니다. 여생을 보내는 것이 아니라 인생의 꽃을 피우고 있다. 시들어가는 시기가 아니라 인생 최고의 시기를 보내고 있다. 인생의 뒤집어진 포물선은 정점을 찍고 내려오는 것이 아니라 다시 젊어지는 것을 의미하는가 보다.

유튜브로 배우는 소비자들

퇴근 후에 종종 집에서 요가를 한다. 요가학원에 다녀본 적은 없다. 왠지 요가학원에 다니려면 살부터 빼야 할 것 같아서. 하지만 내게는 요가 선생님이 있다. 자고 일어나도 개운하지 않고 살도 찌는 것 같아 유튜브에서 요가 동영상을 찾아보다가 맘에 드는 동영상을 발견하고 구독하고 있다. 유튜브를 켜고 핸드폰을 TV 화면에 연결하면 10년을 같은 체형을 유지하고 있는 선생님이 내가 딱 좋아하는 스타일로 요가를 가르쳐준다.

"여러분, 지금 출렁출렁 다리 안쪽 살이 빠지고 있어요!"

이야기를 듣다 보면 선생님이 내 앞에 있는 것 같고, 나에게 이야기하는 것 같고, 정말 그 살이 빠지고 있는 것처럼 느껴진다. "아홉! 여얼!" 구령에 맞추어 이제 그만 다리를 내리려고 하면 "다리 내리지 마시구요! 그 자세에서 세 번만 더 합니다!" 한다. 다리가 터질 것 같아, "못하겠어요!" 소리가 나온다. TV와 대화하고 있는 것이다.

이 실감 나는 강습은 15분이면 끝난다. 부담이 없다. 게다가 학원에서는 배운 자세를 제대로 하지 못하면 옆 사람들은 잘하는데 나만 못 따라 하는 것 같아 신경이 쓰일 것 같은데, 그런 부담도 없다.

유튜브로 배우는 것은 요가만이 아니다. 카페에서 들은 'Lucky'를 나도 한 번 기타로 쳐 보고 싶은 마음이 들어 유튜브에 검색하면 제이슨 므라즈에 버금가는 사람들이 연주하는 법을 가르쳐준다. 영상의 배속을 느리게 하면 천천히 가르쳐주기도 한다. 한 곡만 배우고 싶을 때는 오히려 유튜브가 딱이다. 도저히 저런 소리가 나오지 않아 포기하고 싶을 때에도 마음 편히 멈출 수 있어서 좋다. 중간에 그만두어도 눈치가 보이지 않는다.

몇 해 전 미국 소비자들의 디지털라이프를 조사할 때 만났던 이들도 그랬다. 그들은 유튜브에서 다양한 것을 배우고 있었다. 화장하는 법, 헤어스타일링 하는 법, 요리하는 법, 복근 기르는 법, 드럼 연주하는 법, 게임 잘하는 법, 전자담배에 액상 넣는 법, 점 빼는 기기 사용하는 법……, 별걸 다 유튜브로 배우고 있었다. 동남아시아 소비자나 중국 소비자들도 마찬가지였다. 말레이시아에서 만난 한 소비자는 아기 엄마였는데, 아이가 2개월 되었을 때와 3개월 되었을 때 계속 유튜브에서 "How to hold 3 months infant by hand"와 같이 검색해서 개월 수마다 아기 안는 법을 배웠다고 했다. 마치 엄마나 언니에게 물을 법한 것도 유튜브로 찾아보고 있었다. 앱을 사용하는 방법이나 디지털 기기 사용법 등을 구글이나 블로그가 아니라 유튜브에서 검색해보고 있었다. 그들은 유튜브에서 튜토리얼을 찾아본다고 표현했다. 유튜브는 무엇이든 검색하는 검색 서비스가 되어 있었고, 무엇이든 배우는 개인강습용 문화센터가 되어 있었다.

사람들은 왜 유튜브로 배울까?

배우는 데 비용이 들지 않고, 배울 수 없는 것이 없고,

배우고 싶은 것'만' 배울 수 있고, 필요할 때는 '언제든지' 검색해서 배울 수 있어서다. '플라워댄스'라는 곡을 앞부분만 좀 피아노로 치고 싶은데 만약 피아노학원에 찾아가면 바이엘부터 배워서 체르니까지는 쳐야 '플라워댄스'를 배울 수 있으니 1년은 넘게 걸릴 것이다. 얼마나 효율적이지 못한 일인가? 배우고 싶은 것만 배우는 것이 가능하다는 것은 상당한 매력이다. 배우고 싶은 것들이 쪼개지고 걸러져서 소소해지고 있기 때문이다. 그래서 제대로 된 식사를 하듯이 거하게 배우고 싶어하지 않는다. 간식 먹듯이 간단하게 배우고 싶어 한다.

그들은 유튜브로 무언가를 배울 때 친구나 선배 같은 가까운 사람이 알려주는 것처럼 친근하고 생생한 느낌이 드는 것을 좋아하기도 했다.

"메이크업 영상을 자주 찾아보는데, 친구가 이야기해주는 것 같고 여러 가지 팁도 얻을 수 있어서 좋아요."

지식과 경험을 가진 사람이면 누구나 '가르쳐주는 사람'이 될 수 있는 유튜브의 세상에서, 사람들은 연예인이나 유명인이 하는 광고 같은 느낌의 동영상이 아니라 자신과 비슷해 보이는, 즉 일반 유저가 자신이 무엇을 궁금해하는지 알고 친구처럼 편안하고 친절하게 설명해주는 그 느낌을 좋아했다. '이렇게 하면 이런 실수를 할 수 있다'는 것까지 미리 알려주면서 말이다.

요즘 같으면, 유튜브만 있으면 공부도 취미도 다 배울 수 있을 것 같다. 하지만 이렇게 정보가 널려 있는 세상에서는 중요한 것이 있다. 누구나 배울 수는 있다. 중요한 것은 그것을 내 것으로 만드는 것이다. 요가 선생님을 따라 하는 것에서 그치지 않고 다리 살이 터질 것처럼 아프기를 일주일을 했더니 조금씩 돌벅지가 되어가는 것을 느끼고 고통이 근육이 된다는 것을 스스로 알아차리는 것이다. 자료가 많다고 정보가 되지 않듯이, 유튜브에 정보가 많다고 지식이 되지 않는다. 자료를 정보로 만들어주는 것은 인터넷이 해줄 수 있지만 정보를 지식으로 만드는 것은 스스로 해야 한다. 생활에 필요한 것은 다 유튜브로 배울 수 있는 세상이지만, 삶에 필요한 것은 그게 다가 아니다. 수많은 정보를 삶에 필요한 지식과 지혜로 만드는 것은 자신의 몫이다.

내가 만난 소비자 중에도 유튜브로 배운 것을 자신의

것으로 만든 사람이 있었다. 린다가 그랬다. 린다는 대학 다닐 때 파티에 가기 위해 머리 손질을 해야 했는데, 곱슬머리에 뻗침이 심한 그녀의 머리를 도저히 예쁘게 스타일링하기가 쉽지 않았다. 그녀는 유튜브에서 헤어브레이딩 방법을 찾아보면서 수많은 연습을 했고, 점차 혼자서도 너끈히 손질할 수 있게 되자 이번에는 유튜브에 올라와 있는 다양한 헤어스타일에 도전했다. 나중에는 스스로 응용해서 더 많은 스타일을 만들어낼 수 있게 되었다. 이제는 스스로 헤어브레이딩 영상을 찍기 시작했다고 했다. 그녀는 자신의 영상을 보여주면서 말했다.

"다른 사람들이 자신의 머리 손질을 스스로 할 수 있도록 도움을 주고 싶어서 올리고 있어요."

린다는 자신이 능숙하지 못할 때가 있었기 때문에, 사람들이 무엇을 궁금해하는지와 사람들에게 필요한 것이 무엇인지 알고 더 잘 설명할 수 있었다. 영상을 찍을 때에도 사람들이 궁금해하는 각도를 알고 촬영할 수 있었다. 그녀는 이제 더 많은 것을 스스로 고민하고 실천한다. 사람들이 원하는 것을 더욱 적극적으로 파악해서 해결해주고 싶은 것이다. 유튜브를 보는 사람들은 동영상을 보다가 궁금한 것이 생기면 유튜버에게 바로바로 묻고 싶어한단다. 그래서 린다는 수시로 자신의 영상에 들어가 댓글을 달고 있었다. 그것만으로는 부족하다고 했다. 세상의 수많은 린다들이 구독자가 궁금해하는 것에 정확하고 빠르게 답해주기 위해 영상 전체에 대한 댓글만이 아니라 영상 내의 프레임에 댓글을 달 수 있도록 해준다면 어떨까? 어느 프레임에서 질문이 많았는지도 알 수 있고, 다음 영상 제작할 때 그 부분을 참고할 수도 있도록 말이다.

사람들에게 자신의 노하우를 공유해주고 싶어서 영상을 찍기 시작했던 린다는 유튜브를 하다가 좋은 일이 생겼다고 했다.

"제 머리 좀 해주실 수 있나요?"

댓글을 통해 아르바이트가 들어온 것이다. 유튜브에서 본 것으로 그치지 않고 자신의 것으로 만들던 린다는 그 열정으로 일을 얻게 되었다. 그리고 그녀는 지금 헤어디자이너로 일하고 있다.

그녀의 해외 쇼핑

'중국의 20대 여성은 무엇을 살까?'

머릿속으로는 이런 생각을 하며 초인종을 눌렀다. 문을 열고 나온 그녀를 보고 나는 흠칫했다. 긴 생머리에 스트라이프 남방과 청 스커트를 입고 있는 모습에서 한국인인 줄 안 것이다. 그녀의 입에서 튀어나온 유창한 중국어는 나를 정신 들게 했고, 알아들을 수는 없지만 친절한 안내를 받으며 우리는 집 안으로 따라 들어갔다.

상하이에서 직장 생활을 하고 있다는 그녀는 상하이 근교에 사는 부모님과 떨어져 친구들과 이 집을 구해 함께 살고 있다고 말하며 오늘은 인터뷰를 하기 위해 친구들을 모두 내보냈으니 거실의 소파에 편히 앉으라고 권한다. 이번 인터뷰는 중국 현지 모더레이터가 진행하기로 하여 모더레이터와 그녀가 소파의 중앙에 앉고 우리는 통역사 옆에 다닥다닥 붙어 앉았다. 현지 모더레이터가 인터뷰를 진행할 때는 인터뷰 내용을 알아들으려면 오롯이 통역사에게 의존해야 해서 불편한 점이 있지만, 주어진 시간 동안 더 많은 이야기를 들으려면 우리가 모더레이션을 하고 순차 통역을 하는 것이 낫겠다는 판단을 한 것이다. 사전에 모더레이터에게 우리의 조사 목적과 조사 질문들을 교육한 대로 잘 진행되기를 바라며 우린 숨을 죽인다.

인터뷰가 시작되고 모더레이터가 자기소개를 부탁하자 그녀는 취미가 쇼핑이라며 자신을 월광족이라고 소개한다. '월광족? 그게 뭐야?' 하는 눈으로 통역사를 바라보니 그녀가 우리의 눈을 읽었다는 듯이 이어서 말한다. 월광족은 한 달 월급을 받으면 모두 소비하는 사람들을 말하며 자기처럼 90년대생인 주링허우들이 대부분 그렇단다. 마음에 드는 것은 바로 사고 비싼 것은 돈을 모아서라도 반드시 산다는 그녀의 월광족 이야기가 흥미로워 눈이 커졌다.

"번 돈을 무엇에 다 쓰나요?"

모더레이터가 물으니, 그녀는 집세는 부모님에게 받아서 내고 자신이 번 돈은 옷과 화장품, 생활용품을 사는 데 다 쓴다며 거실 탁자 위에 있는 것들을 가리킨다. 사전 과제인 포토다이어리를 작성하면서 우리가 중국 여성들의 쇼핑 양상을 조사하기 위해 온 것을 알고 미리 최근에 구매한 것들을 탁자 위에 올려둔 것이란다. 센스 있게도! 탁자 위에는 립스틱이며 파운데이션, 영양크림, 에센스, 크랜베리정, 모자 등 한가득이다. 방 안에는 옷들도 있단다.

그런데 가만 보니 중국 제품은 거의 없고 대부분이 해외 제품이다. 알고 보니 그녀는 해외 쇼핑을 주로 하고 있었다. 왜 해외 제품들을 살까? 그녀는 옷이나 패션 잡화는 스타일을 중요하게 생각해서 해외 제품을 구매한다고 말한다. 그래서 옷을 입을 때에는 웨이보에 올라온 해외 스트리트 패션 사진이나 잡지에 나온 한국의 공항 패션 같은 것을 참고하는 편인데 특히 한국 스타일을 좋아한다고 말한다. 일본 제품은 귀여운 스타일에 한정된 경향이 있는 반면 한국 스타일은 디자인이 예쁘고 개성이 있으며 젊은 감성이 배어 있어서 좋단다. 그녀가 입고 있는 옷도 한국 스타일의 옷을 구매한 것이란다. 아! 그래서 처음 봤을 때 한국 사람처럼 보였던 것이다. 그 옷만이 아니었다. 그녀는 방에 들어가서 뭔가를 들고 나온다.

"이건 지드래곤이 콘서트에서 입었던 국방색 점퍼, 이건 전지현이 '별에서 온 그대'에서 썼던 젠틀몬스터 선글라스, 이건 드라마에서 여주인공들이 많이 입는 레깅스, 그리고 레깅스와 함께 많이 신는 스케처스, 뉴발란스……."

한국 드라마를 섭렵하고 있는 그녀는 한국 스타일의 패션 잡화를 많이 구비하고 있었다. 어쩌면 그녀가 한국 드라마를 보는 것도 스트리트 패션이나 공항 패션을 들여다보는 것과 같은 이유로 보인다. 자신만의 스타일을 만들어가는 안목을 키우기 위해서 말이다.

하지만 화장품은 조금 다른 이유라고 말한다.

"얼굴에 바르는 화장품이나 입으로 들어가는 건강식품

같은 것은 가품을 사면 트러블이 생길 수도 있고 안전하지 않아서 해외 제품을 사요."

그녀는 건강보조식품은 유럽 제품을, 화장품은 일본, 미국, 한국 제품을 많이 이용하고 있다고 한다. 특히 일본 화장품은 촉촉하고 보습력이 있어서 좋아하고, 한국 화장품은 한국 드라마를 보고 여주인공이 바른 제품을 따라 사는 경우가 많다고 말한다. 그녀는 '일본은 품질, 한국은 트렌디'라고 생각하는 것 같았다.

"이런 해외 제품은 어떻게 구매하세요?"

그녀는 여행 갔을 때 면세점에 들러 사는 경우도 있고, 평소 자주 만나 믿을 수 있는 친구들이 여행 갈 때 사다 달라고 부탁하거나, 한국인 친구 혹은 친구의 한국인 친구에게 부탁하는 경우도 있다고 말한다. 그녀는 인터뷰를 하다 말고 잠시 자리에서 일어나 방으로 들어가더니 박스를 하나 더 가지고 나온다. 박스 안에는 수개월 전에 구입해서 개봉도 하지 않은 해외 제품들이 꽤 있다. 지인들이 해외여행 갔을 때 기회를 놓치지 않고 부탁해서 산 것들이란다. 친구들 사이에서는 해외여행 갈 계획이 생기면 위챗 모멘트에 여행 일정을 공유하는 것을 당연하게 여기고 있단다. 친구의 여행은 자기에게도 축제 같은 일인 것이다.

하지만 그녀는 해외 쇼핑이 즐겁기만 한 것은 아니라고 말한다. 쇼핑할 때마다 여행 갈 수도 없고 친구들이 항상 여행을 가는 것도 아니어서 꼭 사고 싶은 해외 제품이 생기면 그 브랜드의 공식 사이트에서 직구를 하기도 하는데, 최근에는 가품업자들이 구매대행지까지 찾아가 저항할 수 없는 이익으로 가품을 대주어 구매대행지의 오염이 심해지고 있어서 구매대행지가 중국인 곳은 아예 이용하지 않는다고 했다. 구매대행의 경우, 제품이 잘못되거나 가품이 배달되어도 구매자의 책임이라 더 민감하다는 것이다. 잘못 산 제품은 온라인 중고로 판매하거나 집에 방치할 수밖에 없단다.

오히려 웨이보에서 활동하는 블로거들이 제품을 직접 써보고 추천하면서 공동구매를 해줄 때가 있어 그들을 통해 사기도 하는데, 그들은 팔로워가 10만 명을 훌쩍 넘는 유명인이기 때문에 행여 가품을 사다 주면 바로 댓글로 폭로가 되므로 가품을 사다 주는 일은 하지 않는다고 믿고 있었다.

오히려 구매 과정을 생중계하는 앱으로 구매대행 과정을 실시간으로 방송해주면서 '진품을 매장에서 진짜 구매하고 있다는 것'을 확신시켜주기도 하고, 구매 과정을 촬영해서 올리는 경우에는 원테이크로 촬영해 '당신에게 사다 주는 제품이 진품'이라는 것을 확실히 알 수 있게 해준다고 한다. 그 영상에서는 반드시 돈을 지불하고 받은 영수증을 줌인해서 보여주는 등 다양한 방법으로 진품 구매 사실을 확인시켜주어 믿을 수가 있다고 했다.

이렇게 신경을 곤두세우며 어렵게 구매한 해외 제품들을 보며 그녀는 갓 태어난 아기를 보는 엄마의 미소를 지었다. 가품과의 전쟁을 벌여야 하는데도 불구하고, 쇼핑은 그녀에게 낙이고 에너지원인 것이다.

중국 경제 발전의 혜택을 누리며 구김살 없이 자라 현재를 즐기고 본인을 위한 소비를 하는 주링허우의 전형적인 모습을 보이고 있는 그녀를 통해 중국의 20대 여성들의 쇼핑 양상을 훔쳐볼 수 있었다. 소비를 통해서 자신의 취향을 드러내기 시작한 그들은 자국 제품에 만족하지 않고 자신의 스타일과 '급'에 맞는 제품을 찾아 해외로 눈을 돌리고 있다.

그러한 과정에서 가품에 대한 불안, 가품과 정품 사이의 의구심을 피하기 위한 자구책을 마련하고 있었다. 하지만 그것은 소비자가 할 일이 아니다. 이제는 쇼핑 플랫폼들이 스스로 진화해 가품에 대한 불안을 제거해주고 즐거운 쇼핑을 할 수 있도록 플랫폼력을 보여주어야 할 때다.

말레이시아 사람들

　2개월 동안 두 차례에 걸쳐 싱가포르와 말레이시아, 그리고 인도네시아 세 나라에서 소비자조사를 했다. 각 나라를 두 번씩 도는 사이 프로젝트 멤버들은 많은 소비자를 만났고, 소비자들과 많은 이야기를 나누면서 이 세 나라에 적잖이 정이 들었다. 소비자조사를 하다 보면 좋아하는 나라가 하나쯤 생긴다. 우리도 이 세 나라를 두고, '나는 이 나라 사람들이 유달리 정이 간다, 나는 저 나라 사람들이 더 정이 간다'며 애정하는 나라를 이야기하곤 했는데 나는 그중에서도 유독 말레이시아 사람들에게 꽂혔다. 한국 사람들과 비슷한 면

이 많아 친근감이 느껴지고 정이 갔던 것 같다.

그들은 한국 사람들처럼 가족 중심적이고 관계 지향적이었다. 그런 모습은 그들의 명절 풍경을 보면 더 많이 느껴졌다. 중국계 말레이시아인들의 설날은 우리의 구정과 같고 풍습도 비슷할 거라고 예측할 수 있는 일인데, 말레이계 말레이시아인들의 명절이 한국과 유사한 풍경이리라는 것은 생각지 못한 일이었다. 말레이계 말레이시아인들에게는 한 달간 해 떠 있는 시간 동안 금식하는 라마단 기간이 끝난 직후에 오는 '하리라야 이둘피트리(Hari Raya Idul Fitri)'가 우리나라의 설날과 비슷하다. 이 무렵에 그들은 가족이나 친척들이 모여 함께 음식을 만든다. 그리고 이날이 되면 모두 한복과 같은 전통의상을 가족들끼리 색을 맞추어 입고 장만해둔 음식을 함께 먹고 즐긴다. 그리고 떨어져 사는 친척들을 찾아다니면서 인사를 드린다. 가족이라고 하면 할아버지, 할머니, 다른 나라로 이민 가서 사는 삼촌, 숙모까지 모두를 포함하는 말레이시아 사람들은 스카이프로 설 인사를 나누기도 한다.

소비자들에게서 하리라야를 위해 우리의 한복과 같은

의상을 맞추러 시내에 나가야 한다는 이야기를 들었을 때, 그리고 친척들에게 선물할 것을 사느라 지출이 많다는 이야기며 하리라야 때 음식 장만하고 친척들 대접하느라 여자들은 너무 힘들다는 이야기를 들었을 때 한국과 참 비슷해 그녀들의 말을 이해하는 데에 어려움이 없었다. 오히려 다른 나라 사람들의 이야기라고 느껴지지 않았다.

그들은 명절만이 아니라 평소에도 가족과 함께하는 시간이 많다고 했다. 평상시 저녁 풍경은, 가족들끼리 저녁 식사를 한 후 거실의 TV 앞에 옹기종기 모여 드라마나 영화를 함께 보는 단란한 모습이라고 했다. 1인 가구가 전 가구 수의 30퍼센트에 육박하는 지금의 한국과는 조금 다르지만 과거 TV 앞에 가족이 모여 드라마를 함께 보던 한국의 모습과 유사한 느낌이 있다. 그렇다, 말레이시아는 2000년 이전의 한국과 많이 닮았다.

우리가 만난 소비자들은 노는 것조차 한국 사람들과 비슷했다. 노래방을 좋아해 일주일에 몇 번씩 친구들과 노래방에 갔고, 집에 노래방 기기를 두고 노래방에 가기 위해 노래 연습을 하기도 했다. 수다 떠는 것을 좋아해 카페에서 죽치고 앉아 수다 떨기를 좋아했으며 그러는 사이에도 친구들과 모바일 메신저로 쉴 새 없이 톡을 하고 있었다. 하물며 쇼핑몰에서 흘러나오는 가요도 낯설지가 않았다. 단조풍에 덩실덩실 관광버스 어깨춤이 절로 나오는 것이 마치 한국의 트로트 같았다.

소비자들의 이야기를 들을수록 한국의 정서와 상당히 닮은 이 나라에 조금씩 정이 갔던 것 같다. 한국과 닮은 데가 많아 정이 가는 것 말고도 말레이시아는 다른 매력이 있다. 말레이시아는 말레이계, 중국계, 인도계, 아랍계 등 다양한 인종이 섞여 조화를 이루고 있어 일곱 색깔 무지개 같은 나라다. 말레이시아 정부는 다양한 아시아 출신의 사람들이 정착하고 있는 이런 말레이시아를 스스로 아시아의 축소판, '트루아시아(True Asia)'라고 말하고, 아랍, 중국, 홍콩, 인도, 태국 등을 형제국이라고 말하기도 한다. 사람들은 인종이 다양해 문화나 언어가 덩달아 다양해진 것에 큰 불편함을 느끼지 않았다. '인종이 다르면 종교도, 언어도, 생활할 때 중요한 것도 다를 수 있는 거지, 꼭 같아야 하나?' 하는 마음을 가지고 있는 사람들 같았다. 다양한 인종이 모여 살면서도 그

다름을 인정하고 다 함께 같이 어우러져 살아가는 그들만의 방식이 있었다. 이를 테면 공공기관에 전화를 걸면 이런 안내가 나온다.

"먼저, 언어를 선택하세요. 1번 영어, 2번 말레이어, 3번 중국어……."

이렇게까지 친절할 수가 있을까 싶다. 통신사에 전화를 걸어도 마찬가지다. 소비자조사 중에도 쇼핑몰이나 명소, 아파트와 같이 사람이 많은 곳이면 어디든 말레이어, 영어, 중국어, 아랍어, 타밀어 등 5개 언어로 적혀 있는 안내문을 볼 수 있었다. 다양한 언어로 된 안내문에서 말레이시아 사람들이 서로 다른 언어와 종교와 문화를 가진 사람들과 함께 살아가기 위해 다양성을 인정하고 서로를 배려하는 방법을 택한 것을 알 수 있다. 인상적이었다.

다른 것을 쉽게 받아들이는 태도는 그들의 취미 생활을 봐도 알 수 있다. 고기를 먹지 않는 말레이계와 고기를 먹는 중국계, 다른 고기를 먹는 인도계 등 어울릴 것 같지 않은 사람들이 모인 모자이크 같은 말레이시아에서는 다른 나라 사람들에 대해 관심이 많고 다른 나라의 문화도 쉽게 수용한다. TV나 영화를 볼 때도 다양한 나라의 콘텐츠를 본다. 홍콩의 TV쇼, 태국의 공포영화, 대만 틴드라마, 할리우드 영화를 보면서 다른 나라에 대한 관심을 보인다. 한국의 TV 드라마와 예능은 말할 것도 없다.

가족 중 한 사람이 좋아하는 콘텐츠가 있으면 온 가족이 함께 본다. 딸이 좋아하는 대만 드라마와 아들이 좋아하는 태국 영화를 가족이 함께 보거나 엄마가 좋아하는 한국 드라마를 아빠와 동생도 함께 보고 즐긴다. 그래서 가족 중 누군가는 끊임없이 콘텐츠를 검색하고 영어 자막이 제공되는 것을 찾아 다운로드해 테라바이트 외장하드에 저장하거나 클라우드에 올려두는 수고를 한다. 그것을 가족여행이나 가족행사에 가져가거나 액세스해 함께 즐기는 것이다.

한국을 유독 좋아하는 한 가정에 소비자조사를 하러 갔을 때가 생각난다. 우리가 한국에서 왔다고 인터뷰 대상자의 가족들이 모두 나와 구경하고 악수를 청하며 좋아했다. 마치 연예인을 만난 것처럼 여겼다. 한류가 한창이던 때에 한국 사람을 만나서 좋아한 것도 있었겠지만 워낙 다른 나라 사람들에 대해 물개박수를 치며 환영하는 문화다.

비즈니스 시장으로서도 말레이시아는 매력이 있다. 말레이시아 사람들은 서비스를 이용하는 데에 적극적이고 지인들과 함께 쓰기를 좋아한다. 앱을 써보고 좋으면 금세 친구들끼리 추천해 모두가 함께 쓴다. 어디 가든 교통 체증이 심해 차 안에서 많은 시간을 보내야 하다 보니 외출 전에는 교통상황 CCTV를 습관처럼 확인하는데, 이때 'WAZE'로 실시간 교통정보와 근처의 레스토랑뿐 아니라 도로 위의 사람들이 직접 생생한 정보를 공유한다. 심지어 단속 카메라의 위치도 공유한다. 내비게이션 앱이 아니라 소셜 교통정보 앱인 것이다. 인도네시아에서 트위터가 실시간 교통 통신원의 역할을 하는 것과 비슷하다.

차에 타면 FM 라디오를 들으며 MC의 재간에 깔깔거리는 사람들, 음악을 좋아해 차의 시거잭을 개조해 자신의 USB에 저장해둔 음악을 연결해 듣는 사람들, 유튜브에서 드럼 치는 방법부터 육아법까지 다 찾아보고 생일파티 때에는 MR을 검색해서 틀어놓고 노래를 부르는 사람들, 페이스북으로 뉴스도 보고 새로운 제품 정보도 얻고 조그만 쇼핑몰을 열어 자신의 물건도 파는 사람들, 상대방이 쓰는 메신저를 함께 써주는 배려 넘치는 이 사람들의 이야기를 듣다 보면 당장 이 나라에 와서 무슨 서비스라도 만들어 제공하고 싶은 마음이다.

주말 아침 식사를 마치고, 묘하게 정이 가는 이 나라 사람들을 더 보려고 대형 쇼핑몰에 갔다. 라마단이 끝나고 이슬람 설날인 하리라야를 맞은 쇼핑몰은 가족들에게 지인들에게 또는 자신에게 줄 선물을 사느라 몰려든 손님으로 가득 차 있다. 어디선가 귀에 익숙한 단조풍의 노래가 흘러나온다. 알고 보니 이슬람 설날을 축하하는 노래인 '라구라야'다. 우리나라의 '까치까치 설날은'과 같다고 보면 된다. 모르는 노래인데 음과 리듬이 익숙해 따라 흥얼거리게 된다. 들어가는 매장마다 그 노래의 가사인 '슬라맛 하리라야'라고 인사를 하기에 무슨 뜻이냐고 물으니 '새해 복 많이 받으세요'란다. 나도 따라 인사한다.

"슬라맛 하리라야!"

처음 만났던 소비자,
초등학생

대학원에 다니고 있을 때 모토로라코리아에 인턴으로 입사하는 행운을 얻었다. 당시 최고의 휴대폰 회사에서 인턴을 하게 되어 나는 상당히 들떠 있었다.

"GDP팀으로 가시면 됩니다."

"네? UI팀이 아니고요?"

출근 후 입사계약서를 작성한 뒤 팀 안내를 받았는데, 내가 알고 있던 팀이 아니었다. 내가 면접을 본 것은 UI팀이었는데 GDP(Global Design Planning)팀에서 근무를 하게 된 것이다. UI팀에서 나를 면접한 후에 내가 디자인기획 업무가 더 잘 맞을 것 같아 GDP팀에 추천했다는 것이다. 나중 일이지만, 이 우연한 일은 내 인생에 엄청난 영향을 미쳤다. GDP팀에서 일하며 배운 것을 17년이 지난 지금까지도 하고 있으니, 나를 그때 GDP팀으로 추천한 분께 참으로 감사하다.

곧 GDP팀의 멜라니 부장님이 나와 동료 인턴을 불러 할 일을 설명해주셨다. 우리가 할 일은 어린이를 위한 휴대폰 디자인 콘셉트를 기획하는 것이라고 했다. 초등학생들을 만나 휴대폰 이용 양상을 직접 관찰하고 인터뷰해 초등학생들이 필요로 하는 휴대폰 콘셉트를 만들어보라는 것이다. 이걸 어떻게 한담? 처음엔 잠시 당황했다. 멜라니 부장님은 곧 그것을 어떤 방법으로 할 것인지 설명해주셨다. 그것은 GDP팀이 가지고 있는 방법론이었다. 가만 들어보니, 디자인 아이디어를 낼 때 책상에 앉아 혼자 생각하며 아이디어를 짜내는 것이 아니라 타깃 소비층을 만나 조사한 후에, 그 조사 내용에서 힌트를 얻어 아이디어를 도출하는 방법이었다. 아이디어를 내기 위해 소비자의 경험을 듣고 행동을 관찰하면서 소비자로부터 힌트를 얻어내는 방법이 신선했다.

멜라니 부장님은, GDP팀의 다양한 방법론 중에서도 타운와칭과 심층 인터뷰, 그리고 포토다이어리를 해보라고 하셨다. 초등학생들을 조사하기에 적합한 방법으로 판단하셨던 것 같다. 초등학생들은 성인과 달리 자신의 생각이나 느낌을 표현하는 것에 익숙하지 않아 "그냥요", "몰라요"라고 답할 가능성이 높다. 그러니 인터뷰만으로는 충분하지 않았던 것이다. 그런 이유로, 웬만한 프로젝트에서 초등학생을 조사 대상자로 섭외하는 일은 드물다. 과자나 아이스크림 회사 제외하고는. 하지만 이 프로젝트에서는 다양한 방법을 활용해보기로 했으니 그중 어디서든 필요한 내용이 걸리겠지 생각했다.

문제는 초등학생들을 어떻게 만나느냐는 것이었다. 당시에는 휴대폰을 이용하는 초등학생이 많지 않고 5학년이나 6학년 정도의 학생들이 갖고 다니는 정도였으므로 휴대폰을 이용하는 초등학생을 어디서 찾아야 할지 몰랐다. 또 초등학생은 소비자조사를 하려면 보호자의 허락을 받아야 하는데 그런 걸 생각하면 리크루팅이 쉽지 않을 것 같았다. 다행히도 우리는 한 초등학교에 공문을 보내 부모 동의하에 조사 참여자를 지원받을 수 있었다.

그렇게 만반의 준비를 하고 처음 소비자를 만나러 나갔다. 카메라, 노트와 펜을 들고. 나와 동료 인턴은 아침부터 초등학생들이 출몰하는 코엑스에 가서 그들이 오기를 기다렸다. 아무리 방학이어도 너무 이른 아침이라 그런지 사람 구경조차 쉽지 않았다. 지나다니는 사람도 별로 없었다. 한참 후에야 초등학생으로 보이는 여학생 두 명이 나타났다. 드디어 우리는 눈을 있는 대로 크게 뜨고서 그들을 관찰했다. 그들은 인형을 10개쯤 가방에 매달고 있었고 외국어가 잔뜩 적힌 맨투맨 티를 입고 있었다. 손에 든 휴대폰은 매니큐어와 스티커로 잔뜩 튜닝을 해서 어떤 모델의 휴대폰인지 알 수 없을 정도였다. 우리는 서둘러 사진을 찍었다. 나중에 분석하기 위해 사진이 필요했기 때문이다. 우리가 휴대폰을 사용하는 행동이며 들고 다니는 물건 등을 관찰하는 사이 폭풍수다를 떨던 그녀들은 영화관 쪽으로 사라졌다. 우리는 좀 전에 발견한 사실들을 잊어버리기 전에 후다닥 노트에 적었다. 생각보다 순식간에 사라져서 관찰하기가 쉽지 않았다.

조금 후에 또 다른 남학생이 등장했다. 친구를 기다리는지 벤치에 앉았고 이내 휴대폰으로 게임을 시작했다. 간혹 문자를 확인했고, 문자에 답을 하는 것을 제외하고는 줄곧 게임을 했다. 주변을 보니 다들 언제 왔는지 초등학생으로 보이는 학생들이 많았다. 코엑스가 초등학생들을 타운와 칭하기에 적합한 장소이긴 했던가 보다. 코엑스에 온 아이들은 대부분 영화를 보거나 노래방에 가거나 PC방에 가서 놀았다. 초등학생들을 찾아 여기저기 걷다가 벤치에 앉아 있는 여자 어린이들이 눈에 띄어 옆에 앉았다.

"다다다다 다닥닥다다다닥."

그들은 SMS 보내기에 한창이었다. 조심스럽게 물으니 초등학생이라고 한다. 몇 가지 더 물으니 대답을 해준다. 휴대폰 요금제에 포함된 문자를 며칠이면 다 쓸 정도로 많이 보낸다고 했다. 한 달 동안 쓸 수 있는 문자를 며칠 내로 다 쓰고 나면 엄마에게 부탁해 문자를 쓸 수 있는 '알'을 충전해 달라고 한다고 했다. 그들은 아주 짧은 대화를 매우 자주 주고받았다. 그 학생이 보여준 문자는 한 번 보낼 때 할 말을 꾹 꾹 눌러 담는 어른들과는 매우 다른 양상이었다. 길게 써서 빨리 용건이 끝나버리면 재미있는 문자놀이를 더 이상 할 수 없기 때문에 가급적 짧게 보내고 있었다. 그들은 문자놀이에 그들만의 언어인 외계어를 사용하고 있었다. 지금의 급식체나 인싸 용어는 그때 이미 태동된 것이다.

나중에 심층 인터뷰에서 안 것이지만, 그들에게 문자메시지는 공기와 같았다. 문자 없이는 못 산다고 했다. 하루에 400~500개의 문자를 보냈고, 여러 명에게 한꺼번에 보내면 답장이 한꺼번에 와서 안 심심하다고 했다. 지금은 초등학생들이 카카오톡과 페이스북 메신저와 인스타그램 다이렉트 메시지가 있어 그 한을 풀고 있는 것 같다. 자신만의 사회를 형성해가는 이 아이들에게 소통은 매우 중요한 수단인 것이다. 이들에게는 문자 개수뿐 아니라 폰트도 중요했다. 당시 중학생들은 새로운 폰트가 있는 휴대폰이 나오면 폰을 빨리 바꾸고 싶어서 일부러 험하게 쓰기도 했다.

그 외에도 학생들은 휴대폰 열쇠고리나 신발, 옷, 가방 같은 소지품으로 자신을 표현하는 것을 중요하게 생각했다. 특히 또래 감성이 중요했다. 같은 신발을 신거나 기능이 많은 최신 휴대폰을 쓰거나 브랜드 가방을 매지 않으면 자신이 작아짐을 느꼈다. '나'를 형성해가는 중에 있는 그들에게는 그런 오브젝트가 중요했다.

모든 심층 인터뷰 대상자들에게 포토다이어리를 요청했는데, 거기에서는 이들에게 자신의 물건이 어떤 의미를 가지고 있는지 더 자세히 알 수 있었다. 소중하게 여기는 것, 갖고 싶은 것에 대한 질문에는 주로 브랜드 제품과 컴퓨터 같은 고사양의 제품들을 말했다. 그들은 휴대폰, 지갑, 신발 등의 사진을 찍고 설명해달라는 질문에 시험을 잘 본 대가로 부모님이 사준 것들이라고 말한 경우가 많았고 주로 '외제'여서 좋다고 표현했다. 남들이 부러워하는 것을 가지면 내가 강해지는 것으로 생각한다는 것을 더 잘 알 수 있었다.

총 10명의 인터뷰를 마치고 나서, 타운워칭 자료와 10건의 포토다이어리 내용을 포함해 모든 조사 내용을 분석했다. 동료 인턴과 나는 누가 뭐라고 하는 것도 아닌데 분석을 하면서 숱한 밤을 야근하며 보냈고, 무엇이 그리도 즐거운지 우리가 일했던 방은 깔깔거리는 소리가 그치지 않았다. 초등학생들의 행동 하나하나가 그렇게도 흥미로웠던 것 같다. 그러는 사이 조사하기 전에는 초등학생에 대한 이해가 전혀 없던 우리들에게도 하나둘 아이디어가 떠올랐다. 우리는 초등학생들이 다 같지 않고 성향이 다양하다는 것을 발견했고, 그들을 4유형으로 나누어 각각의 유형마다 필요로 하는 휴대폰의 기능과 특징을 정리했다. 우리의 프레젠테이션은 큰 박수와 'Better than expected'라는 칭찬을 받았다. 그 후로도 나는 운이 좋게도 모토로라코리아에서 같은 일을 할 수 있게 되었다.

가끔 이 일을 처음 시작하게 된 그때가 떠오른다. 그리고 궁금하다. 최초로 휴대폰 튜닝을 시도했던 그들, 10개의 벨소리를 다운받아 친구 그룹마다 벨소리를 다르게 했던 그들, 인터넷 소설을 읽고 팬픽(Fantasy Fiction)을 쓰고 SMS를 보낼 때 외계어를 사용하던 그들은 지금 어디서 무엇을 하고 있을까??

4.

소비자를 만나고 나서

실패한 관찰조사

"중장년이요?"

오래전 마케팅리서치회사에서 일할 때의 일이다. 휴대폰을 제조하는 대기업의 선행기획팀에서 연락이 왔다. 중장년 소비자층을 위한 휴대폰 콘셉트를 기획하려고 하는데 기획에 필요한 소비자 자료를 수집하기 위해 조사를 의뢰하는 전화였다. '중장년'이라는 소비자층을 조사해달라는 경우가 흔치 않아 구체적으로 몇 살을 말하는 거냐고 되물으니 50대에서 60대 정도라고 했다. 음…… 당시에는 소비시장에서의 핵심 소비자를 20대에서 많아야 40대까지로 보았기 때문에 소비자조사를 할 때 20대 대학생, 20대 후반 혹은 30대 직장인, 30~40대 전업주부를 대상으로 많이 했고 50~60대인 소비자를 섭외해 조사하는 경우는 드물어 생소한 소비자층이었다. 지금이야 5060은 소비시장에서 매우 중요한 소비력과 경제력을 고루 갖춘 중요한 소비자층으로 인식되고 있지만 그때만 해도 그렇지 않았다.

전화를 끊고 머릿속으로 환갑이 다 된 엄마가 떠올랐다. 엄마 정도의 나이대구나 하고 대략 느낌이 왔다. 하지만 워낙 마케팅조사를 한 적이 없어 이 연령대에 대해 연구된 자료가 거의 없는 상태였다. 5060세대는 휴대폰을 쓰면서 무엇을 불편하다고 느낄까? 그들에겐 어떤 휴대폰이 필요할까? 이런저런 생각을 해보다가 혹시나 하는 마음으로 오랜만에 엄마에게 전화를 걸어 누가 엄마를 위한 휴대폰을 만들어준다면 어떤 휴대폰이면 좋겠느냐고 물으니 "난 그냥 전화만 잘 되면 돼" 하셨다. 소득이 없었다. 당시에는 스마트폰이 나오기 전이라 카카오톡도 없었고 사진을 열심히 찍어 친구들과 공유할 SNS도 없었으므로 5060 또래의 소비자가 하는 것은 주로 전화이긴 했다. 그래도 그렇지. 그것 외에는 아는 것이 없었다. 시장에서 외면당하던 소비자층이어서 시장도 그 소비자들에 대한 이해가 낮았다.

"어떤 조사 방법이 좋을까요?"

동료가 물었다. 기본적으로는 심층 인터뷰를 할 필요가 있었다. 소비자에게 휴대폰을 사용하면서 좋았던 경험과 안 좋았던 경험을 물어보고 왜 좋았고 왜 좋지 않았는지 그 이유를 반복해서 묻다 보면 소비자의 이유 속에 소비자가 진정으로 원하는 것이 무엇인지에 대한 단서를 얻을 수 있기 때문이다. 그런데 50~60대 소비자가 휴대폰을 어떻게 이용하는지에 대해 자세히 파악하기 위해서는 심층 인터뷰만으로는 부족하겠다는 생각을 했다.

엄마의 답변처럼 이것저것 다 필요 없고 전화만 잘 터지면 된다거나, 휴대폰 글씨가 작아 늘 안경을 올리고 눈을 치켜뜬 채 휴대폰을 보시면서도 불편한 게 하나도 없다거나 할 수도 있고, 어쩌다 흥미로운 양상을 발견했을 때 왜 그런지 행동의 이유를 물으면 '그냥' 하고 맥 빠지는 답변만 듣게 될 수도 있겠다는 생각이 들었던 것이다. 그렇게 되면 소비자조사에서 새로운 휴대폰 기획의 단초가 될 만한 것을 얻지 못하게 되는 것이므로 큰일이었다. 그런 부분을 보완할 만한 조사 방법을 추가할 필요가 있었다.

"이번에 섀도우 리서치(Shadow research)도 해볼까?"

그림자처럼 따라다니면서 행동을 관찰하는 조사를 말한다. 소비자가 자기가 원하는 것이 무엇인지 잘 모르거나 알아도 말로 하기 어려워할 때는 행동 관찰이 도움이 된다. 동료가 좋은 생각이라며 손을 들어올린다. 그거 좋겠다는 듯 짝 소리가 나게 하이파이브를 했다.

그때 만났던 60대 초반의 한 여성 소비자가 아직도 기억이 난다. 그 소비자는 남편과 둘이서 서울 강남의 한 아파트에 살고 있었다. 인터뷰 하던 날 오전에 취미 생활로 배우고 있던 동양화 수업을 들으러 서울역 근처에 있는 학원에 가는 일정이 있어서 먼저 그 학원에 다녀오는 일정을 따라 이동 중에 휴대폰을 이용하는 양상을 관찰하기로 했다.

"에고, 많이 기다렸지요?"

아파트 정문에서 만난 소비자는 멀리서 걸어올 때부터 인사를 건넸다. "아니에요, 어머님! 조사에 응해주셔서 정말 감사드려요!" 하고 답하니 친구 딸을 보는 듯이 환한 미소를 지어주셨다. 관찰조사를 위해 비디오 촬영을 할 것이고 촬영하는 영상은 조사 내용을 분석하는 용도로만 사용할 것이며 프로젝트가 끝나는 종료일에 맞추어 폐기할 것이라는 서약서를 보여드렸다. 어머님은 "꼭 모델이 된 기분이네" 하시며 흔쾌히 촬영을 허락했다. 정말 감사하다는 인사와 함께 비디오카메라는 신경 쓰지 말고 평소 하던 대로 하면 된다는 안내를 한 후에 비디오카메라를 꺼내어 녹화 버튼을 눌렀다.

서울역으로 가는 버스에 올라탄 후 어머님은 곧 자리를 잡고 앉으셨다. 나는 어머님의 행동을 잘 관찰하기 위해 가깝지도 멀지도 않게 거리를 두고 서 있었다. 버스 안에서 어머니는 손을 다소곳이 모으고 창밖을 바라보셨다. 버스로 이동하는 내내 그랬다. 아, 이분은 버스 안에서는 휴대폰을 보지 않으시는구나 하고 생각했다. 알고 보니 그게 아니었다. 다음 정류장에서 내려야 하는지 어머님이 자리에서 일어나셨다. 카메라가 어머님이 화면에 잘 담기는지 확인하기 위해

뷰파인더를 보다가 깜짝 놀랐다. 어머님이 카메라를 보고 미소를 지으시는 것이다. 카메라가 있는 방향으로 무언가를 발견하고 좋아하시는 줄 알았는데 그게 아니라 카메라를 바라보는 것이었다. 카메라를 향해 저렇게 예쁜 표정을 지으시다가 카메라를 보고 윙크라도 할 분위기다. 아니, 일상의 단면을 보고 평상시 행동을 관찰하려고 촬영하는 것인데 카메라를 이렇게 의식하면 자연스러운 행동 속에 숨어 있는 소비자의 니즈를 발견할 수가 없다.

"어머님, 카메라 보지 마시고 평소 하시던 대로 하세요."

나의 얼굴은 미소를 짓고 있었지만 카메라를 의식하는 어머님의 행동에 속이 탔다. 계속 저러시면 어떡하나 걱정이되었다. 어머님은 그 후로도 한참을 조사 연구원이 따라오고 있다는 것을 의식했다.

누가 보고 있다는 것을 느끼면 평소와 다르게 더 과장된 행동을 하거나, 평소보다 더 열심히 하는 등 평소 자신의 행동과 다른 행동을 보인다. 호손효과다. 호손효과는 사람들이 자신의 행동이 관찰되고 있음을 인지하게 될 때 그에 대한 반응으로 자신들의 행동을 조정, 순화시키는 것을 말한다. 이것은 1924년에 미국 일리노이주에 있었던 웨스턴일렉 스트릭사의 '호손 웍스'라는 공장에서 있었던 실험에서 처음 발 견되었다. 당시 미국은 생산성을 높일 수 있는 작업환경에 대한 고민이 많았고, '호손 웍스'에서도 조명이 어느 정도 밝 거나 어두울 때 생산율이 가장 높은지 연구하는 실험을 했는 데 이 실험이 실패한 것이다. 조명이 밝아지든지 어두워지든 지 상관없이 계속 생산성이 높게 나온 것이다. 직원들이 관 찰되고 있다는 것을 의식해 계속해서 열심히 일한 것이다.

이 호손효과는 소비자조사에서도 마찬가지로 발견된 다. 조사 대상자가 관찰자를 의식한 나머지 왜곡된 조사 결 과가 나오는 것이다. 이 현상을 해결하기 위해 조사 연구자 의 개입을 최소화하거나 비디오 촬영에서 의식적인 행동 부 분의 촬영 분은 빼고 행동이 자연스러워진 후부터 분석하는 식으로 조사 분석 방법이 발전되었다.

어머님의 호손효과는 오래갔다. 동양화 학원에서도 그림에 집중하지 못했고 다른 수강생들과 간식을 나누어 먹을 때에도 우리에게 그 간식을 가져다주었다. 집으로 돌 아오는 버스에서도 우리에게 자꾸 말을 거셨다. 결국 어머님의 휴대폰 이용 양상을 관찰하기 위해 촬영한 영상은 분석에 활용할 수가 없었다.

"분석할 때 왜 비디오 촬영한 것의 앞부분은 빼나요?"

정성조사 방법을 강의하던 중에 한 사람이 손을 들고 질문한다. 관찰조사를 할 때는 눈으로 본 것을 다 기억할 수 없고 인터뷰에서와 같이 듣고 본 것을 다 기록할 수 있는 것이 아니어서 소비자의 양상을 비디오로 촬영해 분석하는데 촬영한 비디오의 앞부분은 빼고 분석하는 것이 중요하다는 말을 하고 난 후였다. 이 질문이 나오길 바랐다. 내가 놓은 미끼를 물은 것이다.

"처음 몇 분 동안은 관찰자와 카메라를 의식해 원래 하던 대로 행동하지 않거든요. 진짜 그 소비자의 행동 데이터가 아닌 거죠."

여가와 놀이

　　프로젝트를 하다 보면 유독 힘든 단계가 있다. 분석 단계다. 인터뷰할 때는 소비자들의 경험을 들으니까 흥미롭고, 다 알 것 같고, 인사이트가 마구 떠오르고, 그래서 아이디어도 샘솟고 하여 에너지 레벨이 확 올라갔다가, 인터뷰 내용을 디브리핑하면서 소비자들의 진짜 니즈가 뭔지 파악하는 분석 단계가 되면 그 넘치던 에너지가 고갈되어 바닥을 친다. 진짜 니즈 찾기가, 모래밭에서 바늘 찾는 것처럼 어렵기 때문이다.

그런 프로젝트가 있었다. 사람들의 여가 생활을 연구하는 프로젝트였다. 주제만으로 보면 사람들이 노는 것을 연구하는 것이기 때문에 무척 재미있을 것 같아 프로젝트도 유쾌하게 할 수 있을 거라고 기대했다. 하지만 오산이었다.

'사람들은 여가를 어떻게 보낼까? 여가를 보내면서 어떤 니즈가 있을까?'

이런 생각을 하면 소비자를 만나기 전이므로 재료가 풍부하지 않아서 그렇지 뭐가 좀 떠오르는 것이 있는데, 주제가 너무 넓어서인지 여가에 대한 니즈라는 것이 통 감이 잡히질 않았다. 일단 소비자를 만나보기로 했다. 누구를 만나야 할지 고민하다 보니 보통의 프로젝트처럼 6~8명 정도 만나서는 될 일이 아니었다.

사람들이 혼자 있을 때 여가를 즐기는 방법과 둘이 있을 때, 여럿이 있을 때 여가를 즐기는 방법이 다를 것이었으므로 혼자 노는 사람도 만나고, 여럿이 노는 사람도 만나볼 필요가 있었다. 또 대학생이 여가를 보내는 방법과 가족이 있는 기혼 남녀가 여가를 보내는 방법이 다를 것이고, 같은 기혼이라도 아이가 있는 가족과 아이가 없는 가족이 여가를 즐기는 방식에는 큰 차이가 있을 것이므로, 다양한 사람들을 만나봐야 할 것 같았다. 우리는 소비자를 골고루 만나보기 위해 총 13건의 인터뷰를 계획했다.

그 많은 소비자 인터뷰를 주어진 시간 내에 마무리해야 해서 어느 날에는 한 건, 또 어느 날에는 두 건의 인터뷰를 진행하면서 그렇게 숨 가쁘게 달려 약 2주 정도 걸려서 소비자조사를 마무리했다. 이 무렵이 되면 보통은 신이 나 있다. 소비자들의 이야기가 아직은 생생하고 그 이야기들을 다 소화한 것 같기 때문이다. '분석? 그거 내가 다 해주지!' 막 이런 마음이 든다.

우리는 인터뷰의 디브리핑을 시작했고 13건의 인터뷰를 디브리핑하면서 차츰 지쳐갔다. 소비자 니즈 보고까지 얼마 남지 않은 날짜가 우리를 재촉하고 있었지만, 디브리핑하면서 툭툭 나와줘야 하는 니즈들이 터져 나오지 않았다. 왜일까 생각해보면 사람들의 여가 생활이 무슨 니즈라고 정리하기가 어렵고 다 당연해 보이기 때문이었다.

소비자들이 여가를 보내는 이야기 중에, "주말엔 신구대학 식물원에 가요. 그 식물원에는 여름엔 딸기밭을 가을엔 낙엽, 겨울엔 썰매를 즐길 수 있어요. 계절을 다 느낄 수 있어서 거기에 가요. 가을엔 석화, 새우축제, 밤 따러 가기, 고구마 캐러 가기 많이 해요", "젠가를 그냥 하면 재미없을 텐데 거기에 미션이 적혀 있어요. 몸으로 하는 성인용 미션인데 쓰러뜨리는 사람이 옷 하나씩 벗기 같은 거예요. 은근히 재미있게 했어요." 이런 말을 보면, '이런 게 재미있는 건 당연한 것 아냐? 여기서 무슨 니즈를 찾아?' 하는 생각이 드는 것이다. 제품이나 서비스 같으면 불편하다는 내용이 많으므로 아! 이런 니즈가 있구나 하고 알아차리기가 어렵지 않는데, 여가 생활은 여행 가는데 차가 막혀서 불편하다 같은 것 말고는 잘하고 있는 이야기들이 많아서 니즈를 분석하기가 여간 어려운 것이 아니었다.

매일 디브리핑을 하며 분석했지만 니즈는 보이지 않았다. 분석이 안 되고, 보고 일정은 다가오고, 밤을 낮처럼 일하는 날이 거듭되면서 우린 토가 나올 것 같았다. 그러던 어느 날 실마리를 찾았다.

"여가와 놀이가 다른 것 같아요."

맞다. 우리는 놀이(Entertainment)를 여가(Leisure)에 포함해 생각하고 있었으나 사람들은 그 둘을 전혀 다르게 인식하고 있었다. 여가는 쉬는 것, 혹은 뭔가 의미 있는 것을 하는 것이라고 생각하는 경향이 있고 놀이는 노는 것, 나를 잊고 빠져드는 것이라고 생각하고 있다는 것, 즉 여가는 채움을 통한 충전의 활동을, 놀이는 비움을 통한 충전의 활동을 하는 것이라고 생각했다. 여가와 놀이 활동은 모두 일상의 스트레스를 해소하거나 의미 있는 경험을 통해 다음 일상을 위해 충전하고자 하는 목적을 가지고 있으나 노래방에 가서 신나게 놀면서 충전하는 것과 여행을 통해 충전하는 것은 매우 다른 충전이라는 것이다.

여가와 놀이를 분리하고 나니 우리의 분석은 진도가 나가기 시작했다. 채움을 통한 충전이라고 하면 무엇을 배우거나 자신을 향상시킬 수 있는 경험을 하며 미래에 도움이 될 만한 활동을 하는 것으로, 외국어를 배우거나 가죽공예를 배우거나 뭔가 남는 여행을 가거나 자격증을 따거나 매일 꾸준히 운동을 하는 활동을 말하고 있었다. 반면 비움을 통한 충전으로는 게임을 하거나 보드를 타거나, 노래방에 가거나 보드게임을 하거나 놀이공원에 가서 실컷 노는 것을 말했고, 게임이나 스포츠를 즐길 때는 내기 같은 다양한 부수적인 재미를 가미해 더욱 신나게 즐기고 싶어했다.

그러다 다시 막혔다. 도무지 어떤 니즈라고 요약이 안 되는 인터뷰 내용들이 있었다. 남녀 커플을 인터뷰했을 때 나온 이야기다.

"오빠 친구들 모임에서 모도 조각공원에 갔었는데 정말 좋았어요. 거기 갯벌에서 자연산 머드팩도 하고 조개도 구워 먹고. 이런 재미는 어디에서도 느낄 수 없는 거잖아요."

체험을 하니 좋다는 것인데, 이런 활동이 어떤 니즈로부터 생겨나는 것인지 알기가 어려웠다. 또 초등학생 자녀가 있는 주부들의 인터뷰에서도 유사한 이야기가 나왔다.

"4학년 1학기 사회책에 서울이 나와요. 서울에 살지만 서울을 체험하러 가기도 해요. 양타기, 개몰기, 소젖짜기 같은 체험학습 하러도 많이 가요. 여행 갈 때 향토음식 먹으러 가기도 해요. 그곳만의 것들이 있잖아요."

생각해보면 많이 하는 것들이다. 사람들은 왜 이런 활동을 할까? 머드팩이라면 서해안까지 가지 않아도 근처에서

할 수 있는 방법도 많은데 왜 서해 갯벌에 가서 하면 좋다고 여기고 충전이 되는지 우리는 정리해보고 싶었다.

많은 논의 끝에 알았다. 그것은 체험하고 싶은 지역이나 계절 속으로 그대로 녹아 들어가 그곳, 그때로 들어가 그 일부가 되어 진정한 체험을 하고 싶은 니즈였다. 우리는 이 니즈를 '그곳人, 그때人이 되고 싶다'고 마지막 니즈를 완성했다. 소비자 인터뷰를 마친 지 꼬박 2주 만의 일이다.

"마지막 니즈 주세요!"

드디어 소비자 니즈를 보고하는 날이 왔다. 프로젝트 멤버들 얼굴이 말이 아니었다. 그동안 늦은 퇴근을 하며 소비자 니즈 분석을 마무리하느라 수면이 부족했던 것이 퀭한 눈, 까칠한 피부, 뜬 화장, 심지어 어제와 같은 옷에 다 드러났다. 키가 큰 동료가 이젤패드를 프로젝트룸 벽에 붙이면서 내게 말했고, 나는 마지막 소비자 니즈가 적힌 이젤패드를 건네주었다.

"니즈 잘 뽑았네!"

넉살 좋은 강 매니저님이 벽을 보면서 구수한 경상도 사투리로 한 말씀하셨다. 오늘의 소비자 니즈 보고는 아주 성공적일 것이라고 자기는 확신한다고 했고 우리는 그 말이 씨가 되길 바랐다. 덕분에 보고를 앞두고 다소 긴장감이 흐르던 프로젝트룸이 밝아졌다.

"우리가 좀 늦었네요."

프로젝트룸 문이 열리고 팀장님들이 들어오셨다. 우리는 집중해서 소비자 니즈를 셀링(selling)했다. 가장 강력한 무기인 소비자 인터뷰에서 나온 이야기를 덧붙이며 설득력 있게 니즈를 설명했다. 다행히 보고가 잘 끝났다. 두 분의 팀장님은 여러 개의 니즈 중에 몇 번 니즈가 마음에 든다고, 자기도 저런 니즈가 있다며 한마디씩 했다. 그리고는 "이 니즈들을 충족시킬 사업 콘셉트를 한번 만들어보세요!"라고 하셨다.

그 후 우리는 신규사업 아이템을 만드느라 숨 막힐 듯 바쁜 날을 얼마간 더 보냈고, 최종 보고까지 칭찬 일색으로 통과했다. 하지만 결국 사업이 시행되지는 못했다. 사업이라는 것이 그랬다. 아이템이 좋아도, 이런저런 사유로 시행되지 못하는 경우가 많다. 그때 마신 소주는 유독 썼던 기억이 있다.

폰을 이용하는
모든 상황을 담을 프레임워크

몰입이 힘을 발휘하면 절대로 찾을 수 없을 것 같던 답도 찾아낸다. 그런 적이 있었다. 그날은 퇴근을 한 후에도 머릿속이 온통 프로젝트 생각뿐이었다. 며칠째였다. 저녁을 먹는 둥 마는 둥 하고 커피 물을 올렸다. 늦은 시각에 커피를 마시면 밤잠을 설칠 것이 뻔한데도 그랬다. 답을 찾을 때까지 잠을 자지 않겠다는 의지였다. 커다란 잔에 믹스커피를 두 봉지 털어 넣고 뜨거운 물을 가득 부었다. 호로록 한 모금 마시고 회사 노트북을 켰다.

'그런 게 있긴 한 걸까?'

모든 프로젝트가 지금까지 해보지 않은 것을 고민하는 도전적인 주제였지만, 이 프로젝트는 특히 그랬다. '차세대 휴대폰 UX 개발'이라는 주제였고, 우리는 3년 내에 모바일 시장을 뒤흔들 UX가 무엇이 될지 찾고 있었다. 이를테면 아이폰이 처음 나왔을 때 검지 하나로 폰을 켰던 것 같은.

그런 혁신적인 UX를 찾아내려면 여러 아이디어를 마구 내보는 방법도 있겠지만 이 프로젝트에서는 소비자들이 휴대폰을 이용하는 상황에서 어떻게 컨트롤하고 싶어하는지 그 잠재 니즈를 찾기로 했다.

우리는 먼저, 휴대폰을 이용하는 상황들을 모두 적어보기로 했다. 프로젝트 멤버들은 자신이 아침에 일어나서 밤에 잠들 때까지 휴대폰을 이용하는 상황을 떠올리며 말했다. 출근할 때 버스에서 웹툰을 보는 상황, 버스에서 전화가 오는 상황, 사무실에 있을 때 전화 오는 상황, 식사 중에 온 문자를 확인하는 상황…… 이야기하다 보니, 경험한 것 외에도 다른 상황들이 떠오른다.

"사무실에 있을 때 전화 오는 경우랑 회의 때 전화 오는 경우가 다를 것 같아요."

그랬다. 회의 때 전화가 오면 일단 받기가 어려우므로. 또 다른 멤버가 말했다.

"버스에서 전화가 올 때도, 손에 짐이 많을 때와 휴대폰만 들고 있을 때의 UX가 다를 것 같네요."

맞다! 한 손에 짐이 있을 때는 짐을 들지 않은 다른 손으로 휴대폰을 열어야 하고 두 손 다 자유로울 때는 휴대폰을 든 손 말고 다른 손으로 휴대폰을 열기 때문에 UX가 다르다고 볼 수 있었다. 사용 환경과 상황에 따라 사용자의 행동에 차이가 생긴다는 것을 발견한 것이다. 역시 상황에 따라 UX에 대한 니즈가 달라질 수 있었다.

이런 상황들을 써 내려가다 보니 프로젝트룸의 한쪽 벽이 꽉 찼다. 소비자들의 UX 관련 니즈를 찾으려면 이 모든 상황을 하나의 프레임에 얹을 수 있어야 했다. 프로젝트 멤버들은 머리를 맞대고 이 엄청난 상황 데이터를 얹을 프레임의 축을 찾았다. 큰 축은 어느 정도 답이 될 만한 후보가 있었다. 일단 휴대폰을 이용하는 상황이 집인지, 이동 중인지, 어딘가를 방문해서인지 등 장소에 따라 UX가 달라진다고 분류한 후에, 각각의 장소에서도 혼자 있을 때와 일행이 있을 때 UX가 달라진다고 분류했다. 그러고 난 후에도 우리가 적은 수많은 상황을 분류하려면 더 촘촘한 상황 분류 축이 필요했다. 폰을 이용하는 모든 상황을 담을 축, 그것을 찾지 못하고 있었다. 그렇게 시작되었다. 프로젝트의 정체는.

'그런 게 있긴 한 걸까?' 노트북 화면만 쳐다본 지 얼마나 지났을까, 그 큰 잔에 탄 믹스커피는 벌써 동이 났다. 사람들이 휴대폰을 이용하는 상황들을 떠올려보지만 그 수많은 상황을 어떻게 한 판에 정리할 수 있을지 여전히 감이 잡히지 않았다. 머릿속만 바빴다. 이렇게 머릿속이 복잡할 때는 낙서가 짱이다. 노트를 펴고 이 경우 저 경우 마구 써본다. 강의 중에 문자가 오는 경우, 도서관에서 문자가 오는 경우…… 그러던 중에 문득 비슷한 상황인데 사용자 경험이 다른 것이 뇌리에 스쳤다.

'강의 중에 문자가 오는 것과 도서실에서 문자가 오는 것이 사용자 경험이 다르네!'

강의실과 도서실이 조용히 해야 하는 상황이므로 전화를 받을 수 없다는 것은 같지만 강의 중에는 교수님을 쳐다보고 있으니 눈이 자유롭지 못한 반면 도서실에서는 눈과 손이 모두 자유로우니 문자를 보내는 사용자 행동이 다를 것이었다. 강의실에서의 상황은 오히려 회의실에서의 상황과 유사할 수 있었다. 시선은 앞을 봐야 하는 상황이라 휴대폰 사용에 제약이 있다는 점에서. 아! 뭔가 떠오를 것 같은 느낌이었다. 며칠 동안 고민한 것의 답을 찾을 수 있을 것 같은 실낱같은 희망이 생기고 있었다.

커피를 한 잔 더 마셔야겠다. 다시 빠르게 믹스커피를 한 잔 타서 자리에 앉았다. 상황들의 사용자 경험이 어떻게 다르고 왜 다른지 적어보았다. 어떤 사용자가 집에서 혼자 있을 때 휴대폰을 사용하는 것은 아무런 제약이 없지만 버스에 타서 손잡이를 잡고 서 있을 때는 제약이 있다. 한 손이 자유롭지 못하기 때문에 휴대폰을 사용하려면 다른 한 손만 써야 하는데 이때 문자를 보내거나 메뉴를 선택하는 것이 부자연스러울 수 있다. 그런 관점에서 보면 버스에서 손잡이를 잡고 있을 때와 한 손에 커피를 들고 있을 때는 같은 상황으로 분류해도 될 것 같았다. 유사한 상황끼리는 함께 적어두었다.

이렇게 수없이 많은 상황을 유사한 것끼리 묶다 보니

유사하다는 근거가 무엇인지 감이 왔다.

　몸을 휴대폰 사용하는 데 쓸 수 있고 없고였다. 휴대폰을 이용하는 것이 극단적으로 불편한 상황을 생각해보았다. 운전하는 상황이다. 운전할 때는 눈은 앞을 보아야 하고 손은 운전대를 잡고 있어야 하므로 사용자가 쓸 수 있는 감각기관이라고는 귀와 입밖에 없는 것이다. 이것이다. 눈, 귀, 손, 입! 찾았다! 휴대폰을 이용하는 상황은 눈과 귀와 손과 입을 다 사용할 수 있는 상황, 그중 한 개, 혹은 두 개를 다른 데 써야 해서 휴대폰을 이용하는 데 제약이 있는 상황, 또는 눈, 귀, 손, 입 중에 한 개만 쓸 수 있는 상황으로 분류할 수 있다.

　4개의 기관 모두를 사용할 수 없는 상황은 휴대폰을 이용할 수 없는 상황으로 보면 총 15가지의 상황으로 정리할 수 있다. 어떤 상황도 이 15가지 경우에 들어가지 않는 경우가 없다. 해낸 것이다. 누구라도 붙잡고 말하고 싶었다. 해냈다고. 떨리는 손으로 노트북에 15가지 상황을 표로 만들었다. 세상의 모든 휴대폰을 이용하는 상황을 다 표현할 수 있다. 어떤 상황도 이 표 안에 넣을 수 있다. 너무 흥분한 나머지 잠을 이룰 수 없었다. 어서 시간이 흘러 해가 뜨기만 바랐다. 다시 보아도, 어떤 상황을 대입해도 말이 되었다.

다음 날 아침 출근하자마자 팀장님에게 전날 밤에 만든 표를 보여드렸다. 이렇게 분류하면 어떨지 조심스럽게 물었다. 팀장님은 한참을 보더니 말했다. "대박인데! 이건 논문감이야!"

프로젝트는 폭이 넓은 계단을 만나 진도가 나가지 않던 정체를 벗어났다. 다른 한 축도 개발했고, 폰을 이용하는 모든 상황을 담는 그 사각 프레임 속 셀마다 사용자들이 휴대폰을 이용하는 양상을 조사하면서 어떤 니즈가 있는지 분석했고, 3년 후 새로운 UX의 모습은 어때야 하는지 제안했다. 그리고 그 프레임은 그해 가을 국제학회에서 발표되었다.

그 프레임을 만들어낸 순간을 잊을 수가 없다. 세상에 없는 것을 만들어내는 일은 그 자체로 너무나 짜릿한 일이다. 누군가가 알아주거나 기억해주지 않아도 된다. 그것이 탄생되던 순간을 자신은 알고 있다. 끝없는 몰입이 힘을 발휘하는 그 순간을. 몰입이란 그렇게, 도저히 방법이 없을 것 같은 곳에서 끝까지 포기하지 않는 사람에게 기적 같은 순간을 선물한다. 이런 경험을 한번 하고 나면 일에 면역력이 생긴다. 해보지 않은 일이 주어졌을 때 겁이 나기보다는 한번 제대로 해볼까 하는 마음이 들고 그 어떤 것도 해낼 수 있을 것 같은 자신감이 생긴다. 그 면역력은 꽤 오래 직장 생활의 큰 에너지가 된다.

보고는 소비자의 언어를
그대로 들려주는 시간

　　내가 속한 조직에서 하는 보고는 그 형식이 독특했다.
보통은 파워포인트로 보고서를 작성해서 그 보고서를 프린
트하거나 빔프로젝터에 띄우고 그 내용을 발표자가 설명하
는 것이 일반적인 모습인데, 이 조직은 아니었다. 보고할 내
용을 가장 잘 전달할 수 있는 형식이라면 무엇이든 환영했
다. 심지어 롤플레이를 해도 좋았다. 이젤패드(A2 크기의 대형
포스트잇)에 보고할 내용을 한 장 한 장 써서 벽에 붙인 후 발
표자와 보고 받는 임원이 모두 서서 벽에 붙은 내용을 함께
보는 스탠딩 보고는 매우 흔했다.

특히 프로젝트 중간 즈음에 하는 소비자 니즈 보고를 할 때는 그랬다. 소비자조사에 직접 참여한 사람들은 많은 인사이트를 얻는데 그것을 임원들에게 전달하기 위해 보고서에 넣기만 하면 떠 놓은 지 오래된 회처럼 생생함을 잃었고 딱딱한 회의실에서 빔프로젝터로 띄워진 화면 속의 소비자 니즈는 아무리 잘 설명해도 '남 이야기'로만 들리는 마법이 있었다. 벽 프레젠테이션은 소비자의 목소리를 그대로 전달하는 데 집중할 수 있고, 벽에 붙은 내용을 보느라 보고 받는 사람의 몰입도도 높아져 내용에 대한 이해도가 높고 결과적으로는 유실되는 내용이 적고 내용이 온전히 전달됨으로써 더 긍정적인 피드백을 받을 수 있었다. 하지만 벽에 붙여 보고하는 스탠딩 보고를 내가 속한 조직 외에 다른 조직의 임원에게 시도하기는 쉽지 않았다. 조직마다 분위기가 많이 다르기 때문에 반응이 어떨지 예측이 안 되었다. "지금 뭐 하는 거야?"라는 말이 나오기라도 하면 보고를 시작하기도 전에 폭망하는 것이었다.

처음 다른 조직 임원을 대상으로 벽 프레젠테이션을 했을 때는 합리적인 이유가 있었던 것이 아니었다. 사연이 있었다. 그 프로젝트는 휴대폰 국번이 011, 017, 018, 019 등으로 다양해 국번을 보면 어느 통신사를 이용하고 있다는 것을 알 수 있었던 당시 01X 국번을 010으로 통일하는 상황을 앞두고 모든 국번이 010이 될 때 어떻게 통신사가 차별화된 서비스를 제공할 수 있는가에 대한 답을 찾고 있었다. 소비자들이 어떤 니즈를 가지고 있는지 마케팅 부문 임원에게 보고하기로 되어 있었는데 아무리 분석을 해도 이동통신에 대한 소비자의 니즈가 무엇이라고 딱히 정리하기가 어려웠다. 숱한 밤을 샜지만 니즈 분석은 마무리되지 않았다. 이제 보고까지는 하루만 남겨두고 있었다.

"보고서 쓰지 말고, 소비자 인터뷰 내용을 파워포인트로 정리해서 A3에 출력해서 벽에 붙입시다!"

보고할 준비가 덜 되었으므로 어떻게 보고해도 깨질 것이 뻔했고 그럴 바에는 소비자 인터뷰 내용을 그대로 전달해 소비자가 느끼는 것을 그대로 느낄 수 있도록 하자는 것이 PM의 결정이었다. 소비자가 "핸드폰은 단말기가 중요해요. 통신사는 다 비슷해서 깊이 생각하지 않아요"라고 말한 것을 그대로 직접화법으로 전달하자는 것이었다. 통신사의 마케팅 부문장이 들었을 때 충격 받을 만한 말들이었다. 여과 없이 전달하다가 보고 결과가 안 좋을 수도 있었다. 베팅이었다.

"좋아요!"

멤버들은 동의했다. 남은 24시간 동안 할 수 있는 최선이었다. 우리는 먼저 인터뷰 대상자 21명을 프로젝트 멤버들끼리 고루 나누었다. 중고등학생부터 40대 후반까지 고루 만난데다 중학생의 경우 혼자서는 말을 잘 하지 않기 때문에 친한 친구들 3명이 함께 그룹 인터뷰(Peer group interview)로 진행하면서 다른 프로젝트보다 인터뷰가 많았다. 각자 맡은 인터뷰 대상자들의 중요한 말들을 따옴표 안에 적었다. 가급적 그들이 한 말을 그대로 적었다. 각 인터뷰가 3시간씩이었으므로 그 많은 말들 중 시사점이 있는 말들을 몇 개씩만 추려내는 것도 시간이 꽤 들었다. 밤이 지나고 새벽이 되어서야 인터뷰 정리가 끝났다.

다음 날 아침 보고 장소에 일찍 도착해 두 개의 벽면에 인터뷰 내용 정리한 것을 붙였다. 우리는 비장하게 마케팅 부문의 임원을 기다렸다. 이 보고가 어떻게 끝날지에 대해서는 다들 희망적이지 않았다. 대기하는 동안 프로젝트 멤버들은 누구 하나 말이 없었다. 임원의 비서가 준비해준 물과 커피도 마실 생각을 하지 않았다. 모두가 상당히 긴장을 하고 있었다. 그러다 그가 들어왔다. 벽을 보더니 그가 말했다.

"이게 뭔가요?"

모두가 바짝 긴장했다.

"오늘은…… 소비자의 니즈 보고를 드리는 날인데…… 소비자 인터뷰에서 나온 말들을 그대로 전달 드리는 것이 좋을 것 같아 이렇게 준비해보았습니다. 운동 삼아 서서 같이 보시면 어떠시겠습니까?"

PM이 긴장하며 답했다. 모두가 임원의 입만 바라보고 있었다.

"허허. 한번 봅시다."

임원은 예상치 않은 장면에 다소 당황한 듯했지만 얼른 우리와 나란히 서 주었다. 우리는 벽에 붙어 있는 인터뷰 내용을 보며 인터뷰 대상자들이 한 말들을 그대로 전달하기 시작했다.

"핸드폰을 고를 때는 기능이 최대한 많은 거, 최대한 비싼 거로 해요. 애들이 봤을 때 부러워하고 뿌듯하잖아요. 통신사는 그냥 엄마가 알아서 정한 것 같은데요"(남자 중학생), "친한 친구끼리는 핸드폰 메모장에 비밀 편지 써놓고 가고 그래요"(여자 중학생), "'ㅋㅋ', 'ㅇㅋ', '응' 등이 오면 '이제 답장 하지 마'라는 뜻이에요. 근데 통화하다 끊을 때는 어떻게 끊어야 할지 모르겠어요"(여자 대학생), "통신사마다 무료 행사가 늘 있어요. 무상으로 단말기를 바꿀 수 있어요. 믿고 가는 대리점에다 미리 이야기해놓으면 무료 행사 기간에 맞춰서 빼놓아요"(남자 직장인).

벽에 붙어 있는 소비자들의 언어는 날것 그대로였고, 하나같이 휴대폰을 고를 때 통신사를 전혀 중요하게 생각하지 않고 있다는 말이었다. 한 시간 넘도록 그것을 확인 사살하는 말들이 계속되었다. 드문드문 통신사를 이용하면서 좋았던 경험과 앞으로의 기대도 나오긴 했지만 대체로는 무관심하거나 부정적이기 일쑤였다. 임원의 표정은 굳어갔다. 벼락같은 말들을 쏟아낸 후 우리는 준비한 보고를 마쳤다. 이제 그의 피드백을 받을 차례였다. 지금까지 진행한 것을 다 뒤집고 다시 조사해야 하는 결과를 낳을 수도 있었다. 그럴 각오를 하고 있었다.

"솔직히 나는…… 고객을 직접 만날 일이 없어요. 고객이 하는 말을 이렇게 들려주어 고맙습니다."

의외의 반응이었다. 그는 여러모로 그날의 보고를 마음에 들어 했다. 소비자 이야기를 가까이서 듣는 것이 아주 인상적이고 내용이 쏙쏙 들어온다고 했다. 넓은 벽을 프레젠테이션 보드로 사용하다 보니 소비자가 제품이나 서비스를 이용하는 장면을 찍은 사진도 충분히 출력해서 붙여두었는데 그것을 보고도 마치 그 인터뷰 현장에 있는 느낌이어서 좋았다고 했다. 무엇보다 있는 그대로 전달해주어 고맙다는 말을 아끼지 않았다.

그 보고가 '의외로' 잘 되었다는 소문이 금세 퍼졌다. 다른 프로젝트를 하는 동료들이 와서 축하도 해주고 무엇보다 벽 프레젠테이션이 유행했다. 의외의 칭찬을 받은 후 프로젝트 멤버들의 마음에는 천만다행이라는 감사함이 컸고 그것이 후반부를 달리는데 적잖은 에너지가 되었다. 최종 결과를 들고 다시 그 임원을 만났을 때에는 우리 스스로도 매우 흡족한 결과물을 손에 들고 있었다. 그 프로젝트가 끝난 후 회사에는 많은 변화가 생겼다. 당시의 모든 고객경험을 평가해 부족한 부분을 개선했고 고객경험을 최고로 만들기 위한 팀도 생겼으며, 고객을 최우선으로 하던 기업은 010 환경에서도 여전히 마켓의 리더다.

아이디어를 내는
또 다른 방법들

사람들은 아이디어를 낼 때 어떻게 할까? 비장한 각오로 회의실에 모여 윗분이 회의 시작을 선언하면 한 사람씩 의견을 말하는 것이 흔한 모습일 것 같다. 그러고 나면 회의 참석자 중 막내가 회의에서 나온 아이디어를 엑셀이나 워드로 정리해 이메일로 공유할 것이다. 그러한 회의에서는 창의적인 아이디어를 내는 것은 개인의 몫이다. 회의 진행자는 창의적인 아이디어를 내라고 하기만 할 뿐 아이디어가 잘 나오도록 도와주거나 창의적인 아이디어가 나오도록 이끌어 주지는 않는다.

소비자 전문가들도 소비자의 니즈를 발굴한 후에 그 니즈를 해결하기 위한 아이디어를 낸다. 하지만 우리는 조금 다르게 접근한다. 창의적인 아이디어를 많이 낼 수 있도록 하는 방법과 환경을 활용한다.

일단 회의실을 이용하지 않는다. 평소 일하던 공간이 아닌 카페에 가거나 근교의 워크숍 룸을 찾아간다. 굳이 회의실을 이용해야 하면 책상을 치우고 바닥에서 아이디에이션을 한다. 회의를 하는 것에 최적화된 포맷이 아닌 창의적인 아이디어를 내는 것에 최적화된 포맷을 찾는 것이다. 그리고 분석해둔 소비자 니즈들을 출력해 아이디에이션을 하는 곳의 벽에 잔뜩 붙인다. 소비자들이 인터뷰에서 했던 말들도 따옴표 안에 넣어 출력해서 주변 벽에 붙여준다. 가급적 소비자조사를 할 때와 같은 환경을 만들어 그때 느꼈던 것들과 인사이트가 잘 떠오를 수 있도록 자극을 주는 것이다. 그러면 잘 떠오른다.

환경만이 아니라 아이디어를 내는 자신도 바꾼다. 출퇴근 복장과 다르게 머리에는 독특한 가발을 쓰고 몸에는 웃음을 자아내는 복장이나 망토를 걸친다. 데스크 업무를 하기에 적합한 사람이 아닌 창의적이고 독특한 업무를 하는 사람으로 모드를 전환하는 것이다. 이렇게 스스로 다른 사람이 되어 더 많이 깔깔거리다 보면 뇌도 말랑말랑해진다.

본격적으로 아이디어를 내기 전에, 소비자의 니즈를 질문으로 만든다. "물을 많이 마시고 싶다"는 니즈를 해결하는 아이디어를 내고 싶다면 "어떻게 하면 항상 물을 들고 다닐 수 있을까?", "어떻게 하면 물을 마셔야겠다는 생각을 자주 하게 할 수 있을까?", "어떻게 하면 하루 동안 충분한 물을 마셨는지 알 수 있을까?"와 같이 질문을 만든다. 그렇게 하면 "어떻게 하면 물을 많이 마실 수 있을까?" 하고 질문을 넓게 했을 때보다 훨씬 많은 아이디어를 얻을 수 있다. 이러한 질문을 디자인 코어라고 한다. 이 방법을 활용하면 아이디어를 많이 낼 수 있다.

아이디어를 내기 시작하면 가능한 많은 아이디어를 내기 위해 브레인라이팅 방법을 애용한다.

자신의 아이디어를 3개씩 포스트잇에 써서 자신의 옆 사람에게 넘기면 포스트잇을 받은 멤버들이 거기에 적힌 아이디어를 보고 생각나는 아이디어를 3개씩 만들어내는 방법이다. 이렇게 옆 사람의 아이디어에서 힌트를 얻어 아이디어 내기를 반복하면 더 많은 아이디어를 쉽게 얻을 수 있다.

그러다 보면 아무리 해도 더 이상은 아이디어가 나오지 않을 때가 있다. 아이디어라는 것이 퍼도 퍼도 나오는 우물물 같은 것이 아니다 보니 언젠가 바닥이 드러난다. 그럴 때는 좀 더 전문적인 아이디에이션 방법을 활용한다. 그 방법들을 활용하면 스스로는 생각해내지 못했을 아이디어를 얻을 수 있다.

그중 하나인 랜덤링크를 활용했을 때의 일이다. 랜덤링크는 주변에 있는 사물에서 아이디어를 가져오는 방법이다. 아이디어를 내는 공간에서 사물을 하나 선택해 프로젝트 멤버들이 같이 보면서, 그 사물의 속성을 추출한 후에 소비자의 니즈에 연결시켜 보면 아이디어를 많이 얻을 수 있다. 당시 우리는 청계천 옆 카페에서 아이디에이션을 하고 있었는데 그 청계천을 바라보면서 우리는 몇 가지 속성을 생각해보았고 그 속성을 동영상 보는 소비자의 니즈에 연결시켜 아이디어를 냈다.

축구경기 영상을 볼 때 손흥민이 골을 넣는 장면을 보고 싶다면 동영상 화면에서 손흥민을 클릭해 골대 근처로 옮겨 놓을 수 있는 컨트롤 방법에 대한 아이디어로, 손흥민이 골대 근처에 있는 장면들이 프레임 바에 추천되고 그중에서 사용자가 선택한 프레임부터 동영상을 보면 된다는 아이디어였다. 동영상 속의 오브젝트를 컨트롤한다는 이 아이디어는 프로젝트가 끝난 후에 특허를 냈다. 큰 보람이었다. 그 아이디어 외에도 몇몇 아이디어들이 특허로 나와 멤버들은 다 같이 한동안 부수입을 받기도 했다.

창의적인 아이디어를 내는 것은 쉽지 않다. 하지만 아이디에이션 방법과 환경을 잘 활용하면 꼭 어렵기만 한 것도 아니다. 아이디어가 잘 나올 수 있는 환경을 적극적으로 만들고 다양한 기법을 활용해서 아이디어를 많이 내고 나면 그중 좋은 아이디어를 찾아서 콘셉트로 발전시킬 수 있다. 아이디어가 필요할 때 더 이상은 회의실에 앉아 노트북을 열고 의견을 모으느라 머리 싸매지 말고 좀 더 전문적인 방법을 활용해보기를 추천한다.

소비자의 속마음을 들여다보는 방법

세상은 수많은 제품과 서비스로 가득 차 있다. 웬만큼 잘나지 않으면 사람들의 눈에 띄지도 않는다. 시장에서 살아남으려면 나름의 필살기가 있어야 한다. 그 해법은 소비자다. 제품이나 서비스를 개발할 때 혹은 마케팅을 할 때에 소비자의 속마음을 알고 하는 것과 그렇지 않은 것은 차이가 크다. 일단 소비자가 좋아할지 모르기 때문에 시장에 내놓을 때 자신도 없다. 그래서 기업들은 가급적 시장에 나가기 전에 소비자의 속마음을 들여다본다. 아예 기획 단계에서부터 소비자조사를 해서 소비자가 원하는 것이 무엇인지 파악해 신규 서비스의 콘셉트를 개발하거나 기존 서비스를 개선하거나 한다. 여기에 소비자 전문가들이 주로 활용하는 비법이 있다. 소비자의 속마음을 알고 제품이나 서비스에 반영하는 방법과 프로세스다.

먼저, 프로젝트를 정의한다. 하려는 프로젝트의 목적은 무엇인지, 어떤 아웃풋을 만들어내려고 하는지, 그것을 언제까지 만들려고 하는지, 그러니까 단기인지 중장기인지, 또 현재 가지고 있는 기술을 활용해서 만들려는 것인지 혹은 새로운 기술을 필요로 하는 것도 괜찮은지, 그리고 이 프로젝트의 아웃풋은 누구를 대상으로 한 서비스 혹은 제품인지 등을 정의한다. 정해져 있는 것을 확인하는 것이 아니라, 프로젝트 멤버들과 프로젝트 챔피언이 만나 프로젝트의 목적이나 아웃풋이나 타깃 소비자 등에 대해 서로 생각하고 있는 것을 공유하고 서로 이해하고 있는 것에 차이가 있을 때는 협의를 하면서 이해의 수준을 맞춘다. 이때는 윗분이 회의에서 추상적으로 말한 것을 회의실을 나와 머리 싸매고 해석하는 것이 아니라 좀 더 오픈마인드로 접근한다.

이 단계에서 우리가 주로 활용하는 방법은 'Rope of Scope'다. 자신이 알고 있는 이 프로젝트의 범위를 포스트잇에 쓰고 그것을 프로젝트 멤버들과 챔피언과 함께 논의하면서 스코프 안에 들어가는지 스코프를 벗어나는지 논의한다. 여기서는 틀린 것도 없고 맞는 것도 없다. 모든 것이 의견일 수 있고 모두가 함께 협의해 나간다. 그러다 보면 잘못 알고 있다가 프로젝트 끝날 때쯤 아이쿠야! 하는 일이 없다. 주제가 너무 광범위해 프로젝트를 수행하기 어렵게 느껴질 때도 있다. 그럴 때는 'Funnel of Focus'를 활용해 프로젝트를 수행하기에 적합한 수준으로 주제를 다듬는다.

그리고 나면 프로젝트 목적을 달성하기 위해 무엇을 알아내야 하는지 'To Know List'를 정리한다. 그중에서 전문가에게 물어서 답을 찾을 수 있는 것이 있고, 인터넷을 검색하면 알 수 있는 것들도 있다. 하지만 많은 부분은 소비자에게 물어야 하는 것들이다. 일단은 그 리스트의 항목에 따라 조사 방법을 정한다. 전문가 조사, 인터넷 검색, 소비자조사, 아이디에이션 워크숍 등 조사 방법을 분류한 후에 각각의 조사 방법마다 조사 준비를 한다. 무엇보다도 소비자조사의 경우, 만나서 무엇을 물을 것인지 정리한 후에 그것에 대한 경험이 많아 그것에 대하여 잘 설명해줄 수 있는 사람을 만나기 위해 조사 대상자를 선정하는 기준을 정한다.

명품폰 콘셉트 도출을 위한 프로젝트를 수행한 적이 있는데, 그때는 아직 명품폰이라는 것이 나오기 전이므로 어떤 사람이 그 휴대폰을 사용하게 될지 알 수 없었다. 그래서 잠재 소비자를 정했다. 먼저, 명품 휴대폰이 나오면 가장 먼저 쓸 사람들은 누구일지 고려해 명품 휴대폰이 나온다면 사회적 포지션으로 인해 사용하게 될 사람들, 얼리어답터와 같이 새로운 좋은 휴대폰이 나오면 먼저 써보는 사람들 등 제품에 대한 태도, 사회적 네트워크 수준, 브랜드에 대한 생각 등을 고려해 리크루팅 조건을 만들었다. 그래서 영화감독도 만나고, 동시통역사도 만나고, 대학생도 만났다.

누굴 만날지 결정한 후에는 그 사람들을 만나 무엇을 알아낼 것인지, 인터뷰 프로토콜을 정리한다. 궁금한 것을 적기는 하지만 주로 경험을 묻는 질문을 적는다. "어제는 무슨 앱을 쓰셨어요?"라고 묻고 "왜 그것을 쓰셨나요?"라고 묻는다. 경험을 묻고 왜 그랬는지 이유를 물었을 때 소비자가 원하는 것이 무엇인지 정확히 알아낼 수 있기 때문이다. "가장 선호하는 앱은 뭔가요?"라거나 "휴대폰에 어떤 기능이 추가되기를 원하나요?"라고 묻지 않는다. 경험을 묻고 그 경험에 대하여 왜 그것을 했는지, 왜 그것을 그렇게 했는지, 왜 그것을 그때 했는지 등등의 이유를 물어 소비자의 속마음을 알아낼 준비를 한다.

소비자조사에서 알아낼 것이 무엇인지에 대한 준비가 어느 정도 되고 나면 조사에서 쓸 장비를 준비한다. 녹화할 캠코더와 녹음기는 조사 내용을 분석할 때 사용할 목적으로 녹화와 녹음을 하므로 준비해둔다. 배터리도 넉넉하게 미리 충전해둔다. 혹시 모르니 조사를 통해 습득한 정보는 유출되지 않도록 한다는 서약서를 소비자용과 회사용으로 준비한다.

모든 준비가 완료된 후에는 드디어 소비자를 만난다.

소비자를 만나면 먼저 낯섦을 해소하고 조사에 적극적으로 임할 수 있도록 라포를 형성한다. 주로 하루 일과를 묻거나 최근 관심사가 뭔지를 준비해간 워크시트에 작성하도록 한다. 그것을 쓸 때, 자신이 원래 하던 대로 쓰기만 하면 되어서 부담을 덜 갖기도 하고, '아, 이런 것을 묻겠구나' 하고 감을 잡기도 한다. 그것을 가지고 이야기를 시작하다 보면 금세 인터뷰에 몰입하게 된다.

소비자 인터뷰를 하기 전에 달달 음미하는 수칙이 있다. 그것은 바로 '진행자는 말을 적게 하고 소비자의 말을 많이 듣는다', '소비자가 답을 빨리 하지 않아도 중간에 치고 들어가지 않고 말을 끝끝내 기다린다', '소비자가 진행자의 질문을 잘못 알아듣고 다른 답을 해도 질문을 고쳐 하지 않는다'와 같은 것이다. 왜냐면 소비자의 경험만이 소비자의 니즈를 잘 알려줄 수 있는 단서이기 때문이다. 소비자가 답을 빨리 하지 않는 것은 자신의 경험을 끄집어내는 데 시간이 걸리기 때문이므로 그 시간을 기다려주어야 한다. 또 소비자가 진행자의 질문을 잘못 알아듣고 동문서답을 해도, 그 답조차 소비자의 또 다른 경험이기 때문에 의미가 있다. 그 경험에 대하여 '왜'를 물음으로써 소비자의 또 다른 니즈를 찾을 기회로 삼는다. 소비자 인터뷰나 관찰조사는 대체로 3시간씩 수행한다. 인터뷰만 하게 되면 3시간, 관찰조사를 포함해 조사하게 되면 꼬박 반나절이 더 걸린다. 그 이상은 소비자가 집중하기도 어렵다.

소비자를 만난 후에는, 디브리핑을 한다. 조사에서 어떤 의미 있는 이야기가 나왔는지 곱씹는 시간이다. 우리는 가급적 소비자를 만난 후 오랜 시간이 흐르지 않았을 때에 디브리핑을 한다. 가급적 소비자조사를 마친 직후에 하는 편이다. 그래야 소비자를 만났을 당시에 그들의 경험을 들으면서 마구 솟아났던 인사이트를 싱싱한 상태로 건질 수 있기 때문이다. 인사이트도 회처럼 냉장고에 들어가 하루 묵었다 나오면 더 이상 싱싱하지 않다. 디브리핑을 할 때는 포스트잇을 엄청 많이 쓴다. 소비자에게서 들었던 말 중에 의미 있다고 생각되는 말을 모조리 포스트잇에 적는 것이다. 서로 같은 내용을 적을 수도 있어서 "그 내용은 제가 적을게요" 하고 적기도 한다. 그렇게 다 적고 난 포스트잇을 보며 빠진 내용이 없는지 훑어본다.

디브리핑은 소비자 니즈 분석의 마중물이다. 디브리핑한 내용을 보면서 소비자의 속마음을 읽어낸다. 속마음을 읽어낼 때는 주로 소비자의 상황을 공감해야 속마음이 잘 읽힌다. 그래서 상황을 기반으로 니즈를 분석한다.

스마트폰이 보급되었던 초기에 멤버십 앱이 처음 나왔을 때의 일이다. 당시 아이폰에서만 제공되던 멤버십 앱을 사람들은 잘 이용하지 않았다. 소비자가 멤버십 앱을 이용해 결제하고 적립하는 상황을 관찰조사 해보니 사람들은 일단 멤버십 앱을 켜서 점원에게 보여주는데 한 번에 바코드가 읽히지 않으면 바로 휴대폰을 닫고 지갑에서 멤버십 카드를 꺼내 적립하는 양상을 보였다.

우리는 그 결제 상황에서 소비자가 당황한 기색을 보았고, 점원도 다소 짜증이 난 것을 느낄 수 있었다. 그 결제 상황은, 그 소비자 뒤로도 많은 사람들이 결제를 위해 줄 서 있었고 그것이 점원에게도 결제를 하고 있는 소비자에게도 상당한 긴장을 준 것이다. 그 상황에서 여러 번 클릭해 바코드를 켜는 행동조차 눈치가 보였고, 결국 바코드가 한 번에 읽히지 않자 바로 포기한 것이다.

우리는 이 점원과 소비자 사이의 텐션을 해결해주기 위해 바코드를 켜는 것까지의 메뉴 뎁스를 줄였고 바코드를 켜면 자동으로 밝기가 조절되어 바코드 인식률을 높여주는 방식으로 이 니즈를 해결했다. 바코드를 실행시키면 자동으로 바코드가 커지고 밝기가 조절되는 것은 지금은 어느 멤버십 앱이나 다 활용하는 방식이 되었다. 상황을 이해해야 니즈를 명확하게 이해할 수 있고 그래야 올바른 솔루션이 나온다.

소비자의 니즈를 알아내고 난 뒤에는 그 니즈를 해결하기 위한 아이디에이션을 한다. 니즈를 펼쳐놓고 바로 아이디어를 내는 것이 아니라 이 니즈들을 디자인 코어로 바꾼다. 디자인 코어는 니즈를 질문으로 바꾼 것이다. 하나의 니즈에서 여러 개의 디자인 코어를 만들어내기도 하고 여러 개의 니즈에서 하나의 디자인 코어를 만들어내기도 한다.

미국 출장 갔을 때의 일이다. 동료가 방의 수도꼭지가 고장 나서 물이 새는 바람에 잠을 잘 못 잤다고 했다. 이런 상황에서 "어떻게 하면 잠을 잘 잘 수 있을까?"로 질문하면 답이 한정될 수 있다. 그래서 우리는 "어떻게 하면 물이 새지 않도록 할 수 있을까?", "어떻게 하면 물이 새도 잠을 잘 수 있을까?", "어떻게 하면 잠을 잘 못 자도 다음 날 일정에 지장이 없게 할 수 있을까?"와 같은 식으로 질문을 분산시킨다. 그렇게 하고 나면 아이디어를 많이 낼 수 있다.

디자인 코어가 준비되면 아이디어 낼 사람들을 모집한다. 프로젝트 멤버들끼리 아이디에이션을 하기도 하고, 아이디어를 잘 내는 사람들을 모으기도 한다. 이때는 구글 닥스 같은 것에 자신의 아이디어를 올려보라고 사전 테스트 같은 것을 하기도 한다. 그 아이디어를 보고 아이디에이션 그룹에 리크루팅을 하는 것이다. 아이디에이션을 할 때는, 다양한 방법을 활용한다. 아이디어를 내는 자신의 태도를 바꾸거나 환경을 바꾸기 위한 노력을 하기도 하고, 브레인라이팅, 스캠퍼, 랜덤링크, 불스아이와 같은 기법을 활용하기도 한다(이 기법들을 본문에서 어느 정도 다루었으므로 설명을 줄인다).

콘셉트가 몇 개로 수렴되고 나면 다시 소비자를 만나 의견을 듣는다. 설명만 적힌 콘셉트와 그림과 함께 표현된 콘셉트를 따로 보여주면서 소비자의 의견을 듣는다. 이러한 라이브 빌딩 시간에는 주로 소비자가 이 서비스나 제품을 이용할 것 같은지, 어떨 때 이용할 것 같은지, 혹은 이용할 때 어떤 것이 불편할 것 같은지 등을 알 수 있다. 그런 반응을 듣고 콘셉트를 수정한다. 그러면 소비자가 좋아할 서비스나 제품이 시장에 나올 가능성이 더 높아지는 것이다.

소비자 전문가들이 활용하는 이러한 방법은 최근 디자인씽킹이나 서비스디자인이라는 이름으로도 널리 활용되고 있다. 그 방법론과 프로세스를 활용한다고 해 반드시 시장에서 성공할 수 있는 콘셉트를 도출한다고 할 수는 없지만 그 가능성은 높여줄 수 있다. 소비자가 무엇을 필요로 하는지에 대한 고민이 우선할 때 소비자에게 환영받을 제품이나 서비스가 나올 가능성이 높아지는 것이다.

기획을 하든 사업개발을 하든 마케팅을 하든, 혹은 다

른 어떤 일을 하든지 간에 그 일에는 고객이 있다. 일을 할 때 항상 고객을 생각하고 고객이 원하는 것이 무엇인지를 알고자 하면 세상에 나와 주어 감사한 것을 만들어낼 수 있다. 여기서 이야기한 소비자의 속마음을 읽는 방법을 통해 자신의 고객이 누구인지 알고, 그 고객을 위해 무엇을 해야 할지를 알아가는 데 보탬이 되길 바란다.

소비자의 마음을 분석하는 일을 합니다

2020년 10월 26일   초판 1쇄 발행

지은이   김경진
펴낸이   김남길
펴낸곳   프레너미
등록번호   제386-251002015000054호
등록일자   2015년 6월 22일
주소   경기도 부천시 소향로 181, 101동 704호
전화   070-8817-5359
팩스   02-6919-1444

이 도서는 한국출판문화산업진흥원의 '2020년 우수출판콘텐츠 제작 지원' 사업 선정작입니다.

프레너미는 친구를 뜻하는 "프렌드(friend)"와 적(敵)을 의미하는 "에너미(enemy)"를 결합해 만든 말입니다.
급변하는 세상속에서 저자, 출판사 그리고 콘텐츠를 만들고 소비하는 모든 주체가
서로 협업하고 공유하고 경쟁해야 한다는 뜻을 가지고 있습니다.
프레너미는 독자를 위한 책, 독자가 원하는 책, 독자가 읽으면 유익한 책을 만듭니다.
프레너미는 독자 여러분의 책에 관한 제안, 의견, 원고를 소중히 생각합니다.
다양한 제안이나 원고를 책으로 엮기 원하시는 분은 frenemy01@naver.com으로 보내주세요.
원고가 책으로 엮이고 독자에게 알려져 빛날 수 있게 되기를 희망합니다